たすけ鍼《ばり》 天神参り

山本一力

朝日新聞出版

たすけ鍼　天神参り／目次

装幀・水戸部功
装画・小村雪岱

たすけ鍼　天神参り

赤玉

一

天保《てんぽう》六（一八三五）年三月五日、四ツ（午前十時）前。朝餉《あさげ》の片付けを母親・太郎《たろう》とともに済ませたいまりは、黒船橋北詰めの茶店へと歩みを進めていた。

今年の春分もすでに過ぎており、日を重ねるごとに陽春ぶりが増していた。

今日も空は晴れ渡っており、青さが際立っている春の空には、白い雲が格好のあしらいである。

陽気のよさに釣られたのか、数少ない富岡八幡宮《とみおかはちまんぐう》表参道を行き交うひとの歩みも軽やかだ。

参道の両側に連なる商家は、どの店先もきれいに掃き清められている。そして少々の雨ではぬかるみとならぬよう、いずこも店先の道の手入れには気を遣っていた。

三和土《たたき》も同然の堅く締まった店先の道は、いまりが履いた下駄の音をカタッ、カタッと心地よく響かせた。通りを行くひとの数が少ないだけに、下駄の音はなおさら響いた。

しかしそんな音とは裏腹に、いまりの気持ちは沈み気味だった。茶店に向かっているのは、数日前から胸に抱えてきた思いを、あるじと婆《ばあ》さんに話すことで定めるため、である。

茶店は富岡八幡宮参詣者がおもな客という、よしず張りの粗末な造りだ。が、深川茶屋という立派な屋号がつけられていた。

店名の名付け親はいまりの母、太郎だ。店に向かいながら、いまりは過ぎた日々を思い返していた。

*

すでに二十年以上も前のことだが。

名無しだった茶店で休んだとき、染谷《せんこく》はあまりの茶の美味《うま》さに舌を巻いた。

鉄瓶でていねいにいれた焙《ほう》じ茶は、湯呑《ゆの》みを手にしただけで香りが鼻に届いた。当時の染谷は不惑を翌年に控えており、総髪の黒髪も豊かだった。

太郎がいれる焙じ茶をも上回る香りを漂わせる茶を、このとき染谷は初めて味わった。

「そう言っては申し訳ないが」

他に客もいなかったことで、染谷は茶店の女に話しかけた。

「よしず張りの茶店で、こんなに香り高い焙じ茶がいただけるとは、心底驚いた」

話しながら味わい途中の湯呑みに、染谷は目を落とした。

濁りのない、透き通った茶色の焙じ茶が、店の自慢なのだろう。よしず茶店ながら焼きのいい厚手の湯呑みを使っていた。

半分近くもすでに味わっている染谷の湯呑みから、まだ香りが漂い上っていた。

「こんなに美味い茶を、口あたりのいい湯呑みで供してくれて……」

茶代は幾らですかと、染谷は問うた。ここで休んだのは初で、茶代を知らなかった。

「お茶だけなら八文《もん》です」

団子を添えればあと八文だと、女は言い添えた。

深川はどこも井戸水は塩辛く、飲み水には使えない。飲用と煮炊きには、水売りから買い求めていた。

神田川の水道が使える大川《おおかわ》西側の茶店に比べて、茶代は二文高いとされていた。

この茶店もそれに倣《なら》っていた。なかでもこの店の茶は、並の味ではなかった。

「ぜひ団子もいただきたい」

総髪で十徳《じっとく》を羽織った染谷の見た目で、医者か茶人かと思ったのだろう。

「お茶の玄人さんに、無理に団子まで食べてもらわなくても、焙じ茶を喜んでもらえただけで充分です」

女は顔も声も綻《ほころ》ばせた。茶店に婆さんはつきものだが、女は染谷と同じぐらいの年格好にしか見えなかった。

顔のしわはほとんど目立たないし、所作には張りがあった。

「お客さんのようなひとに茶を褒《ほ》めてもらえたと知ったら、奥で茶葉を拵《こしら》えている亭主も喜びます」

相手が言い終わるなり、染谷はみずから素性を明かした。

「今日は八幡宮の禰《ね》宜《ぎ》に鍼《はり》治療を施したので、こんな身なりですが、わたしは鍼灸師《しんきゅうし》です」

医者でも茶人でもないと、女の思い違いを正した。

「あらまあ……」

女がきまりわるそうな顔になったとき、奥から亭主らしき男が出てきた。そして染谷に話しかけてきた。

「鍼灸師だと聞こえたもんで、つい割り込んじまったが」

出てきた男は六尺（約百八十センチ）近い大男で、茶店の亭主だと名乗った。そして鍼治療を頼みたいと、小柄な染谷を見下ろす形で頼んだ。

「わたしは治療院を開く鍼灸師で、流しではありません」

安くはないが、それでもよろしいかと治療を始める前に確かめた。

「八幡様の禰宜さんを治療した帰りだと、カミさん相手に言ってたが……」

「その通りです」

男の目を見上げながら、染谷はうなずいた。

「おれの肩凝りを楽にしてくれるなら、高いのどうのは言わねえやね」

団子の粉を練るのは骨がおれる。右肩の痛みがきつい……容態《ようだい》を言いながら、大儀そうに左手で右肩を叩《たた》いた。

「その様子では肩も痛むでしょうが、通じもよくないでしょう」

これを言われて、男は染谷の前まで進んできた。そして見開いた両目で染谷を見た。

「おれの身体《からだ》を触ってもいねえのに、よくそれが分かったもんだ」

もう四日も通じがなくて、下腹が膨らんでいると、窮状を明かした。

「確かな診断のため、ここにうつ伏せになってください」

染谷はいま座っていた八尺の縁台を示した。色落ちした毛氈《もうせん》が敷かれた縁台だ。

男は言われるがまま、うつ伏せになった。八尺の台が、ほぼ男の身体で占められていた。

十徳を脱いだ染谷は、腰から鳩尾《みぞおち》の真裏のあたりを両手の親指で押した。小柄で痩せ型の染谷とも思えぬ強い力が、男の背骨の両脇にのめり込んだ。

「うぐぐっ」

男がくぐもった声を漏らした。が、その声は心地よさそうだった。十回ツボを押して、染谷は男を起き上がらせた。

縁台に座らせたあとは、右肩を押した。背骨の両脇とは異なり、肩は染谷が全力を込めて押しても、びくともへこまなかった。

「相当に凝りが肩に詰まっています」

肩に詰まったひどい凝りが、胃ノ腑《ふ》から腸にかけての動きを邪魔していると診立《みた》てた。

「鍼灸と、四半刻《しはんとき》（三十分）の揉《も》みほぐしで楽になるでしょう」

およそ半刻（一時間）の治療で済むが、それだけの間、仕事を休んでいられるかと男に質《ただ》した。

「先生の治療が受けられるなら、今日一日、店を休んでもお願いしやす」

男の物言いがすっかり変わっており、素直な物言いで染谷を先生と呼んでいた。

「おまいさんがそんなに喜ぶなんて……」

女房が驚き顔で男を見詰めた。

染谷は診立てた通りの治療を始めた。先に鍼灸治療を終えて、腰の周囲を揉み始めるなり、男は便意を我慢できなくなった。

「四日ぶりの、この感じがたまらねえ」

揉みほぐしの途中で、男はかわやへと駆けた。戻ってきたときは、別の男かと思えるほどに穏やかな顔になっていた。

男の名は熊市《くまいち》。生まれたとき一貫目（約三・七五キロ）もあり、産毛ではなく黒い体毛におおわれていた。親は迷うことなく熊市と名付けた。

女房の名はおきぬで、このとき四十二歳。亭主は四十五、染谷は四十歳だった。

この治療が端緒となり、熊市・おきぬ夫婦と、染谷との付き合いが始まった。

「おまえのいれる茶に負けない美味さだ」

染谷に強く誘われて、四日後には太郎も茶店を訪れることにした。

「雨降りで足元がわるい。からりと晴れた日にしないか」

「雨降りだからこそ、行きましょう」

雨降りで富岡八幡宮参詣客も少ないはず。

「たとえご夫婦と話し込むことになっても、今日なら迷惑じゃないでしょうから」

太郎の言い分に得心した染谷は、連れ立って雨のなか、茶店に向かった。

雨脚が強まったこともあり、他に客はいなかった。染谷も太郎も団子と茶を注文した。

焙じ茶の美味さもさることながら、太郎は亭主を一番に思っているおきぬの人柄に強く惹《ひ》かれた。

おきぬと太郎が、互いの亭主のことで盛り上がっているところに、熊市が出てきた。団子の仕込みを手早く済ませ、話に加わりたかったのだろう。

「あれ以来、通じはすっきり続きでさ」

どすんっと音をさせて縁台に座った熊市の両手は、爪の間に団子の粉が詰まっていた。

「とってもおいしいお団子です」

娘にもおみやで持ち帰ります、五串お願いしますと太郎が頼んだ。ほころび顔でうなずいた熊市は、焙じ茶の味はどうかと問うた。

「とってもおいしい」

即答した太郎は、熊市に問うた。

「うちは室町の土橋屋さんで買っていますが、熊市さんはどちらで?」

「おれがうちの鍋で焙じてやす」

熊市は胸を張って女房を見た。

「おきぬは客が立て込んでようが、馬鹿がつくほどていねいに、一杯ずついれるんでさ」

そんな女房のためにも、茶葉はおれが満足できるまで、しっかり鍋で焙じてやすと、太郎を正面から見詰めて返答した。

「お茶のおいしいわけが得心できました」

答えたあとで太郎は熊市とおきぬを等分に見て、さらに続けた。

「うちのひとも言ってますが、このお茶で一杯八文は格安です」

言い終えるなり、おきぬが口を開いた。

「お客様にこの値ならと満足してもらえれば、また次にも寄ってもらえます」

気分良くこのお茶が呑めると喜んでもらえることが大事ですからと、おきぬは満足げな物言いで閉じた。

「値段以上の仕事をするという心がけは、うちのひともまったく同じです」

太郎が言い切ると、熊市が話を受け取った。

「おれの治療をあの値で施してくれた先生こそ、まことの医者でさ」

江戸にもまだ、こんな先生がいたのは驚きでやしたと、熊市は正味《しょうみ》の物言いをした。

「わたしは鍼灸師で医者ではないが、今度は正真正銘の医者と連れ立って出向いてくる」

この日はおみやの団子五串を手にし、太郎と染谷は揃《そろ》いの傘をさして帰って行った。

それからさらに四日後、また雨になった。このときは昭年《しょうねん》と染谷で連れ立って、茶店に向かった。

染谷以上に茶の味にうるさい昭年だが、熊市・おきぬが拵える焙じ茶には、大満足した。

「今度はわしら両方の家族総出で、茶と団子を楽しみに来るよ」

よほど焙じ茶と団子が気に入ったらしい。滅多なことでは家族を引き合いに出さぬ昭年が、みずから口にした。

やはり翌年に不惑を迎える昭年は、五歳年下の弥助《やすけ》との間に長女さより八歳と、長男重太郎《じゅうたろう》六歳を授かっていた。

染谷は四十、太郎は四十一だった。ふたりの間には長男勘四郎《かんしろう》八歳と、長女いまり六歳がいた。

それぞれが子連れで総勢八人が、茶店の縁台を貸切状態にしていた。

こどもたちは団子に夢中で、たちまち二十串を平らげた。

「こんなにおいしいお茶とお団子がいただけるのに、名無しではお店が可哀想《かわいそう》です」

太郎が音頭取りの形で「深川茶屋」と名付けた。筆達者な太郎が揮毫《きごう》した屋号を、のれんの染め抜き下地に使った。

赤地に白抜きののれんと幟《のぼり》とが仕上がった。

まだ六歳だったいまりは、団子以上に焙じ茶の美味さに魅せられた。太郎の茶好きの血を色濃く引いていたからだ。

十歳の正月を迎えたとき、いまりは染谷にひとつの許しを願い出た。

「明るいうちに限り、ひとりで深川茶屋に出向くことを許してください」

宿から黒船橋たもとまでは、さほどの道のりではなかった。明るく晴れた日なら、人通りが途絶えることもない。

「晴れた日で、八幡様とお不動様のご縁日でなければいいでしょう」

縁日の人混みは凄《すさ》まじい。たとえ十歳になっていても、ひとりで行かせるのは憚《はばか》られた。

染谷の代わりに、太郎が許しを与えた。

熊市・おきぬの夫婦に、染谷も太郎も心底の信頼を寄せていた。

以来、染谷が還暦を越え、いまりが二十九となった今年に至るまで、染谷家はもちろん、昭年家も深川茶屋をひいきにして通い続けていた。

＊

四ツを過ぎて青空が広がってはいても、表参道の人通りはいまひとつである。今日は三月五日、月の最初の五十日《ごとおび》である。

職人もお店者《たなもの》もカミさん連中も、この日は多忙で参詣どころではないのだろう。

通りを進むいまりの下駄音が聞こえるほどに、ひとの行き交いはなかった。

仲町の辻《つじ》を南に折れて真《ま》っ直《す》ぐ二町（約二百二十メートル）も進めば、真ん中が大きく盛り上がった黒船橋である。目指す深川茶屋は、もうすぐ先だ。

足を止めたいまりは、目元に浮かんだ憂いを引っ込めるために、深呼吸をひとつくれた。めっきり白髪が目立ち始めたおきぬだが、ひと一倍の察しのよさは変わらない。

このまま向かえば、口を開く前に奥へと引っ張り込まれかねなかった。

奥では熊市が団子作りの真っ只中《ただなか》で、仕事の邪魔になりかねない。

「店に迷惑をかけるな」と幼い頃から、親にしつけられていた。

橋を前方に見ながら、通りの端でいまりは気を鎮めていた。そして意図して目元をゆるめた。

これなら大丈夫という気になれたところで、深川茶屋への歩みを取り戻した。

カタッ、カタッ……と、下駄の音も軽い。もう大丈夫だと確信できたことで、わずかに歩みを速めた。

目の前に見え始めた茶店の縁台には、ひとりの客もいなかった。繁盛している茶店だけに、今朝のぼうず（客なし）に、いまりは安堵《あんど》した。

客の耳目を気にせず、おきぬに相談ができると思えたからだ。客なしの縁台を見て、いまりは足を進めた。

店に近づく下駄の音が聞こえたらしい。のれんをかき分けて、おきぬが顔を出した。

「あらまあ、嬉《うれ》しいお客さんだわさ」

親しみのこもった声が、懸命に拵えていたいまりの気持ちを、一気に剝《は》がした。

「おばさん……」

ひと声を聞くなり、おきぬは縁台には座らせず、奥へと引っ張り込もうとしていた。

二

いまりを奥に案内するなり、おきぬは毛氈の上に「ただいまお休み」の板を置いた。

団子作りの手伝いなどで手が放せない折りの、商い休みを報《しら》せる板である。

「それはだめです、おばさん」

板を出して戻ってきたおきぬに、いまりは商いを続けてと懇願した。

「今日は五十日だもの。半刻ぐらい休んだところで、どうってことないから」

そう言われても、いまりは得心しなかった。

「大丈夫だよ、いまりちゃん。ここで話を聞きながら、ちゃんと店には目を配ってるから」

商いを大事にするおきぬに、抜かりはなかった。土間で団子を作りながら、熊市も女房の言い分を諒《りょう》としている様子である。

「ほんとうにごめんなさい」

心底の詫《わ》びを言ってから、いまりは話を始めた。両手を動かしながら、熊市も耳を澄ましていた。

＊

今年の正月、染谷は二年遅れで還暦を祝った。

「今日まで、本当にご苦労さまでした」

新年の屠蘇《とそ》を祝う前に、太郎は真っ赤な綿入れを染谷に羽織らせた。旧臘《きゅうろう》十日に日本橋室町の越後屋まで出向き、太郎は燃え立つような赤色絹布《けんぷ》を買い求めた。

同時に西川で買った綿を詰めて、十日をかけて仕上げた袖なしの綿入れである。

母の針仕事を見ても、いまりは手伝いを口にしなかった。染谷の還暦祝いである。太郎が手伝いを許すはずもないと分かっていた。

今年に限り染谷は十徳ならぬ、赤い綿入れを羽織って新年を祝った。

「人間五十年と言ったのは、たしか……」

「織田信長公です」

口ごもった母を、勘四郎が脇から助けた。

「そうそう、信長公でした」

近頃は、つい名前が出なくなることが多くなったと、太郎は正味の顔でこぼした。

「おまえだけじゃない、わしもそうだ」

染谷に言われて、太郎は気が軽くなったらしい。目元をゆるめて染谷を見た。

「あなたは五十をとおに過ぎたのに、すこぶる達者に元日を迎えました」

今年もひとのために、どうか力をふるってくださいと太郎は還暦祝いを口にした。勘四郎といまりも母に倣い、短い祝いを言った。

「初春早々、嬉しいことを言ってもらったが」

染谷は綿入れの紐《ひも》を結び直し、三人に向けた顔を引き締めた。

「いまもかあさんに言ったことだが、わしも近頃は言葉に詰まることが多くなった」

聞いている三人とも、ゆるめていた目元を引き締めて、あとの言葉を待っていた。

「ひとの名を忘れるなどは毎日のこと。ときにはその日の朝餉になにを食べたかまで、昼前に思い出せないこともある」

三人の顔が引き締まっているのを見て、染谷みずから目元をゆるめた。

「鍼も灸も、ツボはこの手が」

三人に、染谷は右手を広げて見せた。

「しっかりと覚えているから、案ずることはないが」

染谷は吐息を漏らし、さらに続けた。

「寄せくる年波《としなみ》は、年々、大きくなっていると実感している」

ここまでを口にしたあとは、新年の屠蘇と雑煮、おせち料理を全員で味わった。

あとは一切、歳《とし》の話はしなかった。

＊

「元日から今日まで、ずっと考え続けてきたことがあります」

話に区切りをつけたいまりは、おきぬの目を見詰めた。

なんでも話してとばかりに、おきぬは両手を膝に載せて、いまりを見詰め返した。

「わたしは明日にでも、検番《けんばん》にお暇を願い出ようと決めました」

おきぬを見詰めているいまりの目には、強い光が宿されていた。

「それで……」

おきぬはあとを問いかけようとしたものの、すぐに察した。

「染谷先生の跡継ぎになるのね」

「はい」

いまりは落ち着いた声で答えた。

深川茶屋に来るまでは、道々、まだ迷いがあった。途中で歩みも重たくなってもいた。

しかしおきぬに元日の子細を話したことで、迷いは吹っ切れたようだ。

いま、おきぬを見詰める目の光には、いささかのぶれも迷いもなかった。

「いいじゃねえか、いまりちゃん」

団子作りの手を止めて、熊市が近寄ってきた。濃紺の前垂れで手を拭い、いまりの向かい側に床几《しょうぎ》を開いて腰を下ろした。

「おれとおきぬは子を授からなかったが、かなうことなら茶葉の焙じ方と団子の作り方を、だれかにおせえてえと、いまも思っている」

おきぬは熊市を見て、何度もうなずいた。

「たしかおめえさんの兄さんは、戯作者《げさくしゃ》になりてえんだよな?」

「そうです」

いまりは熊市の目を見て、これを答えた。

「あんたが先生の跡継ぎになれたら、どんだけ先生も嬉しいことか」

言ってから、熊市は口調を変えた。

「あの先生のことだ、正直に喜びはしねえだろうが、どんだけ嬉しいかは察しがつくぜ」

おきぬと熊市が顔を見交わしたとき。

「お休みのところを、ごめんなさい」

のれんの向こうで、女の声がした。急ぎ、おきぬが立ち上がって応対に出た。

「こちらのお団子を百五十串、なんとか八ツ（午後二時）までに拵えていただきたいのですが」

女は仲町の乾物問屋、大木屋の内儀《おかみ》だと名乗った。

「五十日の寄合で、三十人の手代さんたちがうちにお越しになるんです」

あるじがぜひにも深川茶屋の団子を、茶請けに使いたいと、奉公人ではなく内儀《ないぎ》を寄越《よこ》していた。

急ぎの誂《あつら》え注文への礼儀と考えたのだ。

大木屋は仲町でも乾物問屋の大店《おおだな》である。おきぬは深い辞儀で、大量注文の礼を言った。

「八ツまでに百五十串、ありがとう存じます」

内儀は内金を置こうとしたが、おきぬは断った。

「ご内儀みずからのご注文ですもの、内金など無用です」

内儀が帰るなり、熊市とおきぬは同時にたすきを締め直した。

「わたしに手伝いをさせてください」

言うなりいまりは、たもとに収めていた深紅のたすきを取り出した。

いつでも手伝い仕事ができるよう、たすきをたもとに収めておくのは検番のきまりだ。

熊市が見とれたほどに、いまりはあざやかにたすきがけを終えた。

「ありがとよ、いまりちゃん」

熊市は表情も声もほころばせた。

三

深川茶屋での手伝いを終えたいまりは、洲崎《すさき》の検番に向かっていた。

おきぬおばさんと熊市さんに相談して、本当によかった……

下駄を鳴らして歩きながら、いまりはしみじみ、思い返しを続けていた。

団子百五十串の注文を引き受けるなり、おきぬ・熊市夫婦は、いきなり顔つきも動きも変わった。

いまりの話を聞いていたときは、ふたりとも寛《くつろ》いだような、穏やかさを漂わせていた。

注文を受けて最初にしたこと。それはふたり同時にたすきを締め直したことだ。

こども時分のいまりは太郎に連れられて、何度も芝居見物に出かけていた。

今し方、深川茶屋で目にした熊市とおきぬの所作。芝居で見た、合戦に臨む武家のような敏《びん》捷《しょう》さを思い出させた。

しかもふたりの息遣いは、ぴたりと合っていた。熊市が団子の生地を拵え始めると、おきぬは竹串の支度に取りかかった。

仕上がった生地を千切《ちぎ》り、丸い団子にするのは熊市だ。小さな玉を自家製の蜜の壺《つぼ》に落とし、ほどよくきな粉をまぶすのはおきぬの受け持ちだった。

それを竹串に五玉ずつ突き刺す。

仕上げに熊市がもう一度、きな粉をまぶして団子の出来上がりだ。

この流れを、夫婦は無言のまま、まさにあうんの呼吸で続けた。

竹串が足りなくなったら、おきぬの手元に運ぶこと。

出来上がりの団子を、もろぶたに収めること。このふたつをいまりは手伝った。

蜜やさらさらのきな粉など味にかかわる仕事は、すべて熊市の受け持ちだ。女房のおきぬといえども、団子の味につながることには手を出さずである。

そんな流れ仕事を、ふたりはすでに三十年以上も続けていた。

「茶葉の焙じ方と団子の作り方を、だれかにおせえてえと、いまも思っている」

胸に抱いた思いをいまりに明かしたあとで、染谷の跡を継ぐのが一番だと、熊市は静かに言った。

あれほど息が合った流れ仕事を続けながら、跡継ぎはおきぬではないと、夫婦で分かり合っていた。

もしもどちらかが欠ければそれまでだと、互いに呑み込んで毎日の商いを続けてきた。そんな熊市が口にした「あんたが先生の跡継ぎになれたら、どんだけ先生も嬉しいことか」の重さ。それを思い返しながら、いまりは検番を目指して歩いていた。

堀割の町、深川である。どの堀と限らず、堀端には柳が植わっていた。穏やかな春風を浴びた柳の枝が、心地よげに揺れていた。

*

親でなければ相談できぬこともあれば、親ゆえにとても話せないこともある。

ゆえにいまりは熊市・おきぬを頼った。

ふたりとも染谷と太郎との付き合いは長く、相手の気性も呑み込んでいたからだ。

心底、得心がいく心構えを聞かされたことで、お暇を願い出る意を固められて、いまりは検番に向かった。

玄関で履き物を脱ぎ、上がり框《かまち》に立ったとき、稽古場《けいこ》から三味線の音が流れてきた。

「いけないいっ……」

おのれのうかつさを思い知り、いまりはちいさな声を漏らした。

五十日の昼前には、大野晩僕《おおのばんぼく》が女将《おかみ》から三味線の稽古をつけてもらうことになっていた。それをいまりは、すっかり忘れていた。

上がり框に立つなり、三味線が止《や》んだ。ひとの気配に聡《さと》い女将は気づいたのだ。しかもおとないの声も発せずに上がったのは、客ではないとまで判じたようだ。

「どちらさま?」

「いまりです」

即座に応じたら、稽古場においでと言いつけられた。大野晩僕がいるからだ。

晩僕はいまりをひいきにしてくれる俳句の宗匠で、辰巳《たつみ》検番の大事な客でもあった。

「お稽古を中断させてしまい、申しわけございません」

稽古場の板の間に正座したいまりは、両手をついてこうべを垂れた。

「どうかしたの、今日は非番でしょう?」

女将の物言いは、いまりが顔を出したことをいぶかしんでいた。

晩僕がそこにいるのを承知で、いまりは用向きを切り出した。

「一身上の都合で、お暇をいただきたくてまかり出て参りました」

いまりは晩僕には目を向けず、静かな物言いでこれを告げた。

女将は内心の驚きを顔には出さず、いまりのあとの口を待っていた。

太郎の口利きもあり、いまから十四年前、芸妓見習いとして十五のいまりを受け入れた。

検番には後輩の日々の暮らしぶりと、芸事の稽古作法の両方に、細かに目を配る先輩芸者

（あねさん）が幾人もいた。

二年間の稽古場掃除に励んだあと、十七から五年間、あねさんから深川地唄舞の稽古をつけられてきた。

そのあと四年の御礼《おれい》奉公（無給）を務めたあと、稽古場に名札を飾れる芸妓となった。

いま女将が三味線稽古をつけている大野晩僕は、いまりを名指してお座敷をかけてくれる客のひとりだった。

女将の静かな目を見詰め返しながら、いまりは染谷のあとを継ぐ決意を口にした。

辰巳芸者の仕来《しきた》りでは、いまりはいつ検番を離れようとも勝手次第の身分である。

ここまで何人もの芸妓と引退談判に臨んできた女将である。いまりの物言いから、相手の決めにゆるぎはないと察した。

晩僕も同席している場で無駄に引き留めたりしては、おのれの評判にも障ると、女将は肚《はら》を括《くく》った。

「わたしは承知しました。太郎さんはどうですか」

「女将のお許しをいただいてから、母と向き合います」

決意の固きことは、女将を見るいまりの両目の光に出ていた。

十五の入門初日から決め事に臨むときのいまりは、この目の光を宿していた。

女将はいまりから晩僕に目を移した。目で問われた晩僕は、決意を確かめるかのようにいまりを見た。

まだ見習い時分から、晩僕はいまりを贔屓《ひいき》にしていた。

芸の稽古に励むいまりを、晩僕は何度もこの稽古場で見ていた。修得すると決めたいまりは、両目に光を宿して続けた。

そして稽古をお座敷の舞い姿に実らせた。

いまもまた、あの目の光を宿していた。

「いい話じゃないか」

晩僕は正味でいまりの決意に賛意を示した。いまりの口利きで、晩僕は染谷の鍼灸治療をいまも受けていた。

「あんたが独り立ちをするときには、わたしを最初の客としてもらいたい」

晩僕の親身な物言いに接したいまりは、込み上げるもので瞳を潤ませた。

女将の飼い猫が稽古場に入ってくるなり、ミャアとひと鳴きして、いまりを見た。

四

いまりが深川茶屋を訪れた日。思いのたけを聞かされた熊市は、きっぱりとした口調で請け合った。

「おれにできることなら、なんでも手助けさせてもらうぜ」と。

「そう言ってもらえて、とても心強いです」

熊市の申し出に、いまりは深くこうべを垂れて感謝した。

「しっかり女将にお願いしてきます」

あれは初めてご他人《たにん》さまを頼ったいまりの、第一歩だった。

染谷はいまでも毎月十日に富岡八幡宮の宮司に鍼灸治療と按摩《あんま》治療を施していた。

遠い昔には権禰宜《ごんねぎ》だったのが、いまでは江戸で一番の富岡八幡宮宮司である。互いに気心が知れていることに加えて、宮司の五臓六腑《ごぞうろっぷ》まで様子を知り尽くしていた。

「毎月十日の治療で、わたしの寿命が間違いなく延びている」

朝のお勤めを済ませたあと、五ツ半（午前九時）から四ツ半（午前十一時）までの一刻《ひととき》、染谷は全力を投じて宮司の身体を治療した。

そのあとで訪れる深川茶屋での焙じ茶と団子二串を賞味堪能することで、染谷は生気を取り戻した。

熊市たちが命を込めて仕上げた焙じ茶と団子が秘めている精力は、染谷には百薬にも勝った。

天保六年三月十日、正午前。

春真っ盛りの陽《ひ》が降り注ぐ縁台に座して、染谷は厚手の湯呑みに注がれた焙じ茶に口を付けた。

この日は熊市の女房おきぬが、つききりで茶を供した。作りたての団子を供するために、熊市はまだ土間で最後の仕上げをしていた。

「この茶が、治療で力を使い果たしたわたしの渇きをいやしてくれる」

ひと口を味わい、正味の声を染谷が漏らしたとき、熊市が皿に盛った団子を手にして出てきた。

「鍼灸に按摩治療、お疲れさんでした」

熊市が差し出した皿の団子は、文字通りのできたてである。壺に浸したときの蜜で、まだ団子の肌は湿っていた。

まぶされたきな粉も、団子にまとわりついている。染谷が手に取った一串は、まったくきな粉がこぼれ落ちなかった。

賞味した団子一玉が染谷の喉を滑り落ちたのを見定めて、熊市が話しかけた。

「五日前に、いまりちゃんが久しぶりに顔を出してくれた」

熊市が言い出したことで、染谷はあとを察したらしい。まだ四玉が残ったままの串を皿に戻し、熊市に目を向けた。

が、口は開かず、熊市の言葉を待った。

「いまりちゃんの話を聞いて、婆さんとしみじみ言ったもんだ」

「染谷さんは果報者よ、ってね」

渡り台詞《ぜりふ》のように、おきぬが続けた。

さらに口を開こうとした熊市を、染谷は右手を突き出して抑えた。

「熊さんたちから切り出される前に、わしから礼を言わせてもらうのが筋だ」

染谷は背筋を伸ばして、ふたりを見た。

「検番に暇を願い出た一件を、わしと太郎は五日前にいまりから聞かされていた」

染谷は縁台に腰掛けた膝に両手を載せて、熊市とおきぬを見た。

「早くあんたとおきぬさんのもとに、礼を言いに行きたいという娘を、わしは止めた」

わしの口から言うのが筋だと、染谷はいまりを止めた。娘も納得した。ところが……

「治療が立て込んでいたもので、礼を言いに出向くことがならず、結局、いつもの十日になってしもうたという次第だ、面目ない」

座ったままこうべを垂れて、あとを続けた。

「おかげさまで娘は、検番の女将と、一番のひいき客の両方に、あの日に願い出を伝えることができた」

重ねて御礼を申し上げますと、染谷は再びこうべを垂れた。

「あんたの治療のおかげで、おれも婆さんもこの歳になっても息災が続いている」

礼を言うならこっちだと、熊市とおきぬは染谷の律儀《りちぎ》な礼を押し止めた。顔を上げたときの染谷は、両目をゆるめていた。

「ひいき客がいまりに言ってくれた言葉は、さすがは俳句の宗匠だと、思わず太郎ともども、うなってしまった」

手放しで褒める染谷につられて、熊市はつい、宗匠が言ったことの子細を問うた。

「大野晩僕という名の宗匠で、万年橋《まんねんばし》がお住まいだ。以前は平野町の医者だったが、俳句への思い断ちがたく、引っ越して宗匠に転じたそうだ」

万年橋は松尾芭蕉ゆかりの地で、江戸に限らず俳人には聖地である。

そこが住まいと聞いただけで、大野晩僕の宗匠の格が察せられた。

「いまりがひとり鍼を打てるようになったときには、かならず大野さんを一番乗りの客に名指すようにと言ってくれたそうだ」

「大したおひとだ」

熊市も正味の感嘆を漏らした。

いかほど鍼の修業を積もうとも、また染谷の弟子であったとしても、一番乗りを申し出るには度胸がいる。世辞で言えることではなかった。

「大野さんの命を預かったも同然の成り行きとあっては、わしも全力を投じて娘を仕込む」

土間に立った熊市を見て、染谷がきっぱり言い切ったとき、こどもふたりを連れた母親が、茶屋に近寄ってきた。

ところが縁台まで十歩の位置で、茶店には入らないようにと、こどもふたりが母親のたもとを引っ張った。

背を見せて熊市を見たままの染谷が、背後のこどもに声を発した。

「金太《きんた》に銀太《ぎんた》、わしに遠慮は無用だ」

名指しされたふたりは、その場で棒立ちになった。

染谷は背中にも目がついていると、寺子屋のこどもたちは恐れていた。まさにその通りのことに直面し、身体が固まったのだ。

ゆっくり立ち上がった染谷は、たもとを引かれて困惑気味の母親に目を向けた。

「わしに構わず、縁台で団子を食べさせてあげなされ」

「ありがとうございます」

こどもふたりの母みのりが、深い辞儀をした。風に乗ってきた桜の花びらが、結ったばかりのみのりの髪に舞い落ちた。

女手ひとつで双子の金太銀太を育てているみのりは、仲町の小料理屋ひいらぎを任されていた。

みのりの身持ちの堅さには、太郎がだれよりも感心していた。

ひいらぎは二階家で、母子の部屋も用意されていた。

毎月十日、染谷は富岡八幡宮宮司に出張治療を施すため、寺子屋は休みだ。

兄弟にもみのりにも、十日という日は月に幾度もない、母子でのお出かけ日らしい。深川茶屋で団子を賞味したのち、連れ立って出かける段取りなのだろう。

深川茶屋は縁台一台だけの、よしず張りの店だ。母子に縁台を譲った染谷は、おきぬが座していた床几に移った。

「ここは寺子屋ではない。わしのことは気にせず、存分に団子を味わうがいい」

染谷は努めてやさしく言った。

母子が気兼ねせぬよう、茶店を離れたかった。が、まだ熊市たちとは話の途中である。のれん内は熊市の仕事場で、そこに移ることもできない。仕方なく床几に移り、染谷はこどもたちから目を逸《そ》らした。

気詰まりそうだった金太銀太だが、おきぬが団子を供するなり、八歳の子に戻った。

「おにいのほうがおっきい！」

不服を言う銀太を、みのりは目で窘《たしな》めた。そんな母子の声を聞きながら、染谷は寺子屋で双子を預かってからの日々を思い返していた。

＊

十八で大工職人・半吉《はんきち》と祝言《しゅうげん》を挙げたみのりは、二年後に双子を授かった。

「おれは親兄弟のいねえ、ひとり者だからよう。こいつらを一人前の大工に仕込んで、親子三人で普請場《ふしんば》に立つのが、おれの願いだ」

男児二人も授かったことで、半吉の働きぶりにも一段と熱が入った。

「めきめき腕が上がってるぜ」

棟梁《とうりょう》も大いに目を掛けていた。双子が二歳となった正月七日、七草の普請場で半吉は屋根から転がり落ちた。

間の悪いことに、尖《とが》った石が転がっている上にあたまから落ちて、ほぼ即死だった。

遺族の先行きを思った棟梁は、自分の手で普請した小料理屋ひいらぎの女将と談判した。女将と棟梁は兄妹《きょうだい》だった。

「身持ちの堅いのと、人柄の正直なのはおれが請け合う。住み込みで雇ってくんねえな」

四十九日を迎える前に、女将はみのりと面談した。亭主半吉のために料理を続けてきたみのりは、惣菜《そうざい》作りの腕も確かだった。

女将が承知したことで、棟梁はひいらぎの二階を母子の住まいに改修した。

双子が五歳となった三年前、野島《のじま》屋三番番頭の泰助《たいすけ》の口利きで、染谷は寺子屋で読み書きを引き受けた。

「ふたりとも、まだ五歳とは思えないほどに算術を得手としています」

十歳になっても算術が得手のままなら、丁稚《でっち》小僧にと頭取番頭にお願いするつもりだと、泰助は双子を買っていた。

寺子屋で引き受けたあと、染谷は太郎と連れだってひいらぎを訪れた。この訪問で、太郎がみのりを大いに気に入った。

「みのりさんの正直さが、きんぴらの味に出ていました」

裏表のない人柄があってこそ、あのきんぴらが仕上がると、太郎は褒め言葉を重ねた。

「野島屋さんへの丁稚奉公がかなったときには、わしがふたりの後見人を引き受けよう」

染谷にそう言わせたほどに、金太銀太の寺子屋での学び方はひたむきだった。さりとて、こどもらしい無邪気さは、他の子たち以上である。

兄弟げんかは毎日のことだったし、遊びでの兄への負けん気の強さも並ではなかった。

しかし学びにおいての銀太は、兄を深く敬っていた。三ケタの暗算で金太が「正解」を貰《もら》うと、手を叩いて喜ぶのが銀太だった。

双子の丁稚奉公まで、あと二年。染谷はふたりの成長ぶりに、胸の内では喝采していた。

*

団子を食べ終えた双子はみのりの耳に口を寄せ、小声で囁《ささや》いた。

「おまえたちからお願いしなさい」

みのりに言われた双子は、ふたり揃って床几の前に進み出た。

「先生にお願いがあります」

声の揃った大声は、土間の内にまで響いたようだ。手伝いの手を止めたおきぬが、のれんの内に寄ってきていた。

染谷は目でふたりの口を促した。深呼吸のあと、口を開いたのは兄の金太だった。

「おれも銀太も十《とお》になったら、ちゃんのあとを継いで大工見習いを始めたいです」

半吉も算術が得手で、図面の寸法出しは棟梁から一手に任されていた。寺子屋で算術を褒められた日には、みのりからいつも「おとっつぁんの血だね」と褒められた。

「おれたちが思っていることを、先生から野島屋さんの泰助さんに話してください」

兄が言い終わると、銀太が先に染谷に向かってあたまを下げた。

縁台から立ち上がったみのりも、両手を前で合わせて辞儀をした。

還暦を過ぎて、目元が緩んだのかもしれない。双子を見詰める染谷の目が潤んでいた。のれんの内では、おきぬも目頭を押さえていた。

親の生業《なりわい》を継ぎたい……

双子は染谷に頼み込んだ。

兄弟の願いを、もしも父親が耳にできたら、いかほど嬉しいことか……

兄弟が交わすやり取りを、染谷は目を閉じて聞いていた。そして、いまりを思い浮かべた。

太郎のあとを追うと決めたとき、いまりは、まだ十五だった。されど芸妓を目指す者に十五は、遅いくらいの歳だった。

いまりは母・太郎の名に恥じぬよう、立ち方（舞い方）の稽古と全力で向きあった。

「あいつはまこと、おまえの娘だ」

染谷は正味で娘の精進ぶりを評価した。そのかたわら、鍼灸治療術を継ぐ気のない勘四郎には、胸の奥底で寂しさを覚えていた。

いまりが鍼灸を学び、染谷の跡を継ぎたいと突然願い出たときには、染谷も太郎もその場での返答を控えた。それでも娘はさらに続けた。

「検番の女将にはすでに、暇乞《いとまご》いを願い出てきました」

いまりは父を見詰めたが、声の調子は鎮めた。

「染谷先生の鍼は」

敬いを込めて、娘は父を先生と呼んだ。

「世のひとの身体から痛みや苦しさを取り除いてくれる、たすけ鍼です」

いまりは膝に置いた両手を強く握った。

「先生から鍼灸技を学ばせていただき、わたしもひとの役に立ちたいです」

あの光を帯びた目で、いまりは父に願いを訴えた。

金太と銀太が大工になりたいと願うのも、亡父への強い憧れあってのことだと染谷は察していた。

なにごとも修業を成し遂げ得る秘訣は、一に学び取ろうとする当人の強い意志があることだ。

そのうえで当人の筋がよく、師匠に恵まれることだと染谷は師匠から教わっていた。

床几に座した染谷は、おのれの丹田《たんでん》に力を込めて、娘を弟子とする肚を括った。

立ち上がった染谷に、金銀の兄弟が辞儀をした。

五

金太銀太からの訴えを受けたことで、染谷の肚の括りも一段強く引き締まった。

とはいえ、いまりを弟子にとることの決めが緩かったわけではない。大野晩僕の申し出をいまりから聞かされたとき、すでに染谷の決意は確かなものだった。

金太銀太の、思い詰めた表情と声とに接したことで、技を継承させる者の責務をあらためて深く思い知ったのだ。

三月十一日、明け六ツ（午前六時）過ぎ。

まだ柔らかさのある朝日が斜めに差し込む居間で、染谷はいまりに指図をくれた。

「今朝の朝餉支度は、かあさんに任せなさい」

染谷はいまりを治療室に連れて入った。朝餉の手伝いはないと、前夜のうちに太郎には話していた。

「おまえも分かってはいるだろうが、わしの治療は鍼灸、按摩には留《とど》まらぬ」

骨折者の骨接《ほねつ》ぎも大事な治療の一《ひとつ》だと告げて、染谷は治療台の前に移った。染谷もいまりも、すでに治療着に着替えていた。

治療台真上の天井には、三寸（約九センチ）幅の厚手帯が巻き上げられていた。治療台の脇には、折り畳みの脚立が置かれていた。

「脚立の脚を開き、最上段に乗りなさい」

「はいっ」

短い返事とともに、いまりは脚を開いた。五段が設けられており、最上段には幅二尺（約六十センチ）、奥行き一尺五寸の板が渡されていた。

最上段に立つと、治療室の床から四尺の高さになる。左官や大工などの職人には、日々の仕事で慣れた高さだ。

素人は幅二尺の天板に真っ直ぐ立つだけでも、足元に震えを覚えた。

検番の地唄舞稽古で、いまりは十年もの間、足元を揺らさずに直立するコツを体得していた。

五段目の板にも、軽い身のこなしで立った。天井から吊《つる》された幅広の帯は、小柄な染谷が四段目から手を伸ばせば届く高さに巻き上げられていた。

上背のあるいまりには、帯の巻き始め位置は低すぎた。それを承知で、染谷はいまりを脚立の天板に立たせていた。

「おまえなら天板に乗れば、天井に手が届くだろう」

「届きます」

いまりは両手を伸ばして天井に触れた。

「しっかり両手で触れていなさい」

天井に触らせたまま、染谷は脚立に近寄った。そして脚立の下部を蹴飛ばした。

「きゃあっ」

悲鳴を発したいまりは、四尺の高さで足元が大きく揺らいだ。突然の揺れである。こらえ切れず、身体ごと天板から落ちた。

その娘の身体を、染谷は見事に両腕で受け止めた。

上背でも目方でも、いまりは染谷より大きくて重たい。そんな娘が落ちるのを、染谷は難なく抱き止めていた。

床に落ちることなく、いまりは助かった。が、脚立を蹴飛ばした父に向けた目には、怒りの炎が燃えたっていた。

娘の目をしっかり受け止めたまま、染谷は説明を始めた。

「足を骨折した者の骨接ぎでは、強い力で折れた足を引っ張ることになる」

帯はその足を吊す道具だと明かして、さらに続けた。

「わしの助手たるおまえは、いまと同様に、脚立に乗って帯を垂らすのが仕事だ」

説明を聞くうちに、いまりの目から怒りの炎が薄らいでいた。

「激痛に襲われた患者は、身体を激しく揺さぶり始める。勢い余り、身体や片方の足が治療台から飛び出すこともある」

「それでとうさん……先生は」

先生と言い直したいまりは、いっときとはいえ怒りを目に宿したことを恥じていた。

「脚立を蹴飛ばされたのですね」

「うむ」

短く発したあと、さらに続けた。

「いまはわしが受け止めたが、治療の本番ではおまえの助けには回れぬ」

「はいっ」

得心しましたと、いまりは短い返事に思いを込めた。

「わしが教授を乞うている唐人の宋田兆《そうでんちょう》師は、武術全般の達人での」

おまえを受け止めた技も、師の教えであるといまりに明かした。

「今日は三月十一日だ。本日より向こう六ヵ月の間、おまえは宋田兆師のもとにて、武術を教わりなさい」

ここまでは素直な返事を続けて来たいまりだった。が、この指図には返事が出なかった。娘の様子には構わず、染谷は先を続けた。

「なにを必須で学ぶのかは、すでに師と話し合ってある」

朝餉を済ませたら、宋田兆師のもとに出向きなさいと命じた。

「先生の弟子となるには、武術を学ぶのは必須なのでしょうか」

まだ得心がいかない様子で、いまりは渋々の返答をした。

染谷はそれに答えず、脚立の最上段に上った。そして治療着のたもとから取り出した鉢巻で、両目を隠し縛《しば》った。

「いつでもよい。おまえの足で、脚立を存分に蹴飛ばしなさい」

「まさか、そんなことを」

目隠しをした父が、天板に乗っているのだ。達者に見えても、父はすでに還暦を越えていた。そんな染谷が乗った脚立を蹴飛ばすなど、恐ろしくてできなかった。

「これしきのことができなくて、わしの弟子が務まると思うなど、噴飯物だ」

台の上で目隠しを外したら、その刹那《せつな》、おまえはもはや、弟子ではないと宣告した。

「分かりました」

仕方なく答えたいまりは、履き物を脱いだ。床の上を歩く音を立てぬためだ。もしも音を立てたりしたら、それが理由で破門されると考えたからだ。

地唄舞を始める前は、息遣いを抑えて気配を消すのが鉄則だった。それに倣い、いまりは気配を消した。そして息を止めて、脚立の角を右足で蹴飛ばした。

目隠しをしたまま、染谷は見事に足から着地した。足首の柔らかさが、床に落ちたときの衝撃を弱めていた。

直立姿勢に戻った染谷は、目隠しを外した。

「六ヵ月あれば、おまえにもこの技を伝授できようと、師はのたまわれた」

地唄舞を十年続けてきたことも、大きな得点であるとも、宋田兆師は告げていた。

「学ぶことは多数だが、月日には限りがある」

染谷は娘の目を見詰めた。

「稽古はきついが、おまえならできると、わしもかあさんも確信している」

父親を見詰め返すいまりの目が、込み上げる想《おも》いで潤んで見えた。

「宋田兆師の道場は永代橋《えいたいばし》東詰だ。稽古始めは毎朝五ツ半（九時）と決まっておる」

染谷が話を結んだとき、太郎が治療室に顔を出した。

「朝餉が調《ととの》いましたよ」

荒海に乗り出そうとするわが娘に、太郎は慈しみを込めた眼差《まなざ》しを向けていた。

刻《とき》はすでに六ツ半（午前七時）を過ぎている。いまりは太郎と並んで母屋に入った。

奥の流し場からは、かつおだしの利いた味噌汁《みそしる》の香りが漂い出ていた。

母は割烹着《かっぽうぎ》だが、娘は治療着姿だ。身なりが大きく異なるふたりが、流し場で並んだ。

「先生の凄《すご》さは底なしです」

いまりの物言いは染谷のみならず、太郎にもていねいだ。両親を敬う想いが、物言いにしっかり表れていた。

「きつい稽古が始まるけど、おまえなら大丈夫よ」

あの検番でやりきれたことは、わたしの自慢よと、母は結んだ。

太郎の正味の褒め言葉を聞いたのは、いまりはこのときが初だった。

「しっかりやります、太郎ねえさん」

おどけ口調で、娘は涙を隠していた。

六

宋田兆が見立てた通りである。いまりの武術稽古は開始から六ヵ月目で修了となった。

八月十一日、七ツ刻（午後四時）。いまりは師匠と並んで大横川《おおよこがわ》の桜並木を歩いていた。向かう先は黒船橋たもとの深川茶屋である。

この日がいまりの稽古修了日と分かっていた兄の勘四郎、昭年長男の重太郎と長女さよりの三人が茶屋で待っている段取りだった。

「おまえの修了を、ことの始まりとなった熊市さんの茶店で祝おうじゃないか」

兄の音頭取りで、重太郎とさよりも顔を出すことになった。重太郎はいまりと同い年、さよりは勘四郎と同年である。

染谷と昭年は、ともに深川芸者と所帯を構えていた。子を授かった年も同じで、いまでも親しく行き来していた。

「そういうことなら、わたしも顔を出そう」

宋田兆は染谷の案内で、前にも熊市の団子と焙じ茶を賞味していた。

「祖国の茶に劣らぬ美味《うま》さだ」

宋田兆は団子も褒めたが、それ以上に、熊市が焙じた茶葉の味に魅了されていた。

八月十一日は、すでに秋である。江戸城の彼方《かなた》に沈みゆく夕陽を背に浴びながら、宋田兆といまりは川縁《かわべり》を黒船橋に向かっていた。

夕陽を顔に浴びたさよりが、いまりに向かって手を振っていた。茶店ではなく、橋のたもとまで出て待っていてくれたのだ。

宋田兆もいまりも作務衣《さむえ》を模した稽古着姿だ。両足は裾も広口で、駆け出すのも楽だ。

「先に参ります」

師匠に断り、さよりに向かって駆け出した。そのいまりに、桜並木の陰から不意に出てきた男ふたりがぶつかりそうになった。

稽古の成果あって、いまりはぶつかる寸前で身体を躱《かわ》した。男たちはそうはいかず、急に立ち止まった瘦せ型男の背に、あとの太めの男が身体ごとぶつかった。

「ごめんなさい」

いまりは男たちに詫《わ》びた。

「どちらがいい、わるいではない。まずは自分から詫びるものと心得よ」

宋田兆の教えに従い、詫びてその場を離れようとした。

「待ちねえ」

男ふたりが同時に呼び止めたとき、宋田兆は知らぬ顔でいまりの脇を通り過ぎた。そして橋のたもとのさよりたち三人に近寄った。

「手伝いは一切無用だ」

三人に申し渡した宋田兆は、離れた場所からいまりたちの成り行きを見詰め始めた。

「おめえからぶつかっときながら、ごめんなさいで済ませるのは虫がよすぎるぜ」

痩せ型の男が、唇を舐《な》めながら毒づいた。桜木の陰で酒を呑んでいたらしい。毒づく男の息は、ひどく酒くさかった。

「おめえ、妙な身なりをしてるじゃねえか」

太めの男はいまりの胸元に触ろうと手を伸ばした。その手をいまりは払いのけた。

「なにしやがるんでえ」

太めの男は甲高い声で凄んだ。脅しにしては凄みがないが、人通りを止めるには充分である。さよりの背後に人だかりができていた。

「娘《スケ》の分際で、上等じゃねえか」

痩せ型はいまりの背後に回り、羽交《はが》い締めにしようとした。太めは前からまた、いまりの胸元に手を伸ばしてきた。

いまりの蹴りが太めの股間を直撃した。男が崩れ落ちたとき、いまりの左肘が痩せ型の鳩尾《みぞおち》に打ち込まれた。

瞬《まばた》きひとつの間に、痩せと太めが川縁の地べたに崩れ落ちていた。

作務衣の乱れを直したいまりは、師匠のそばまで進んだ。そして辞儀をした。

見苦しいものを見せてしまったと、辞儀で詫びたのだ。

「宋田兆流護身術の免許を授けようぞ」

宋田兆の小声を受けて、いまりはもう一度、深々と辞儀をした。身を起こした背に大川西岸からの、あかね色の夕陽が差していた。

＊

寒さの厳しさを感じ始めていた、十一月中旬。いまりは洲崎に出向いた。

またも検番の稽古場では、女将から大野晩僕が小唄の稽古をつけられていた。

「よくよく晩僕宗匠といまりちゃんとは、ご縁があるようだわね」

女将は晩僕といまりの両方を見て、笑みを浮かべた。

「聞いたぞ、いまりさん」

晩僕はいまりをさんづけで呼んだ。もはや芸者時代のいまりとは、別人だと承知しているのだろう。

「八月には黒船橋のたもとで、派手な一幕があったそうだが、稽古は順調かね？」

「はいといいえとが、入り交じっています」

答えたいまりは、子細説明を始めた。晩僕のみならず、女将も聞きたがっているのが察せられたからだ。

「宋田兆師匠からは、骨接ぎのイロハを伝授されました」

大いに気をそそられたのか、晩僕はいまりの正面に向くように、上体を動かした。

「師匠には骨と骨とを結ぶカンセツ（関節）という玉の働きを教わりました」

その場で立ち上がったいまりは、作務衣の裾をまくり、足首を晩僕に示した。

「身体の足と腕のつけ根にあるカンセツは、前後左右に回る働きをしてくれます」

いまりは大きく腕を回した。

「歳をとると腕や足の使い方がにぶくなり、カンセツの玉が固まってしまいます」

玉の動きを良くするために、さまざま稽古修業を重ねています、と晩僕に説明した。

「わたしは父の治療所で、歳を重ねたひとたちを相手に、カンセツを長持ちさせる稽古をつけることにしました」

染谷も賛成してくれたことで、毎月一のつく日をカンセツの日と決めましたと、いまりは声を弾ませた。

「カンセツには玉があるのを忘れぬように赤玉を天井から吊します」

ここまでの明るい声から、いまりは調子を一変させて晩僕を見た。

「宗匠に鍼治療をさせていただくには、まだあと一年はかかります」

なにとぞお待ちくださいと、いまりは板の間に手を突いて頼んだ。

目で見て分からせる工夫の「赤玉」。

聞いた晩僕は目を閉じた。そして十五歳当時のいまりと交わしたやり取りを思い返した。

稽古場の拭き掃除に励むいまりは、赤い珊瑚玉の髪飾りを垂らしていた。黒艶の髪との色比べが鮮やかだったがゆえ、晩僕は拭き掃除さなかのいまりに話しかけた。

「黒髪に映える赤珊瑚玉は、そのままで一句浮かびそうだが」

なぜその髪飾りなのかと、いまりに質した。掃除のたび、赤珊瑚をさしていたからだ。

「存分に磨き挙げれば首を振ったとき、髪飾りの赤玉が板の間に映ります」

映り込むまで磨き上げるための、大事な掃除仲間ですと、気負いもせずに答えた。

あの受け答えが、晩僕のいまり贔屓《びいき》の端緒となった。

いまりはいま、新たな道を歩き始めようと修業を重ねていた。そのひとつとして、年配者に身体ほぐし稽古をつけようとしている。

いまりにとっての「赤玉」は、おのれの工夫を目に見える形にしてくれる仲間なのだと、晩僕は読み解いていた。

「あんたの治療を受けられるのを望みにすれば、一年を待つのも楽しみのひとつだ」

「ありがとうございます」

いまりの声が明るさを取り戻していた。

「ところで、いまりさん」

晩僕はいまりを見詰めたまま、真顔になって声の調子を変えた。

「あんたが相手をした男たちは、高橋《たかばし》の札付きという話だ」

町にひとりで出たときは、周りに気をつけなさいと注意した。

「ありがとう存じます、注意します」

晩僕の言葉をしっかり受け止めて、いまりは確かな返事をした。

「赤玉が仕上がったら、ぜひ報せてくだされ」

俳句の季語に使えそうだと、晩僕は正味の物言いでいまりを見た。

赤玉が季語になる……

いまりは天井から吊《つ》り下げられた赤玉を、早くも思い描いていた。

緑もぐさ

一

いまりの武勇伝から三ヵ月が過ぎた、天保《てんぽう》六（一八三五）年十一月二十日。

深川茶屋の開店を待っていたかのように、大型荷物を背負った男が縁台に座った。

おきぬも熊市《くまいち》も大の縁起担ぎだ。口開けの客が男だと分かり、おきぬは吐息を漏らした。口開けが男のひとり客だった日は、商いがはかどらないものと決めていたからだ。

とはいえ縁台の客に知らぬ顔はできない。ましてや今日の初客である。

おきぬは白地の上っ張りの袖を伸ばし、前垂《まえだ》れの紐《ひも》を結わえ直して店先に出た。

「いらっしゃいませ」

あいさつ声で、男はおきぬを見た。まるで見覚えのない、初顔客だった。

「おたくの焙《ほう》じ茶と団子が、飛び切り美味《うま》いと仲間に教わったもんでね」

おきぬが問うたわけでもないのに、男は越中《えっちゅう》富山の置き薬屋の与助《よすけ》だと名を明かした。

「わしの受け持ちは高橋《たかばし》の北側なんだが、美味い団子と茶には目がないんだ」

美味い団子が好きだと言いながら、おきぬに向けた目つきは鋭かった。

商人ならではの抜け目なさを下敷きにした鋭さではない。相手を値踏みする者が見せる、特有の尖《とが》り方だった。

「富山からの道中では、峠越えのたび茶店に立ち寄ったが、どこも外ればかりでね」

茶はぬるいし、団子はどこも硬い。

峠越えを何度も繰り返すにしては、与助の顔は大して日焼けしてはいなかった。

深川茶屋には与助が口にしたような、遠来の行商人も多数立ち寄っていた。

どの客も季節を問わず、首筋や手の甲まで日焼けしていた。

なんで素性を偽るのかと思いつつも、知らぬ顔を通した。そんなおきぬに、男はさらに先を続けた。

「それでいながら値段はご立派だった」

与助はぼろくそに言うことで、おきぬの気を惹《ひ》こうとしているように見えた。

「そんな次第で峠を幾つも越えてきたから、深川茶屋を楽しみに出向いてきたんだ」

与助はとってつけたような追従《ついしょう》を口にした。そのあと、おきぬを正面から見た。

「ところでおたくさんでは、茶と団子で幾らだね、婆《ばあ》さん」

与助の見た目は白髪こそないが、若くはなかった。そんな一見《いちげん》客から婆さん呼ばわりをされた。おきぬはしかし、業腹《ごうはら》さはおくびにも出さずに答えた。

「お茶と団子で十六文《もん》です」

「だったら、それを貰《もら》いやしょう」

与助はまだ茶菓を受け取る前に、四文銭四枚をおきぬに差し出した。前払い客は珍しくない。

おきぬは受け取り、手でのれんをかき分けて内へと入った。

「なんだか、気の許せないお客さんだよ」

「聞こえていたぜ」

熊市も女房と同じ感じ方だった。

「あの男は富山の薬屋じゃねえ」

小声ながらも、きっぱりと断じた。

「物言いは江戸者だし、置き薬で回る連中なら、だれに対しても腰が低い。素性を隠しているつもりだろうが、あいつは渡世人だ」

熊市は顔をしかめながら言葉を吐いた。

「顔も見ていないおまいさんが、よくそこまで言えるねえ」

おきぬが言い終わるなり、熊市は立ち上がった。しかめつらがさらに度を増していた。

「声だけ聞いているほうが、傍目八目《おかめはちもく》、相手の危ねえのがよくめえるもんだ」

女房に話しかけながら、熊市は尻を手で強く押さえていた。

「どうかしたのかい？」

「腹がゆるいんだ」

出来たての団子二串を皿に載せて、熊市は女房に差し出した。おきぬが受け取るなり、熊市はかわやへ駆けだした。

亭主の後ろ姿を見ながら、おきぬは胸の内でつぶやいた。

わざわざうちに立ち寄ったのは、団子でも茶でもなさそうだわさ……と。

なにか訊《き》かれても、うっかりしたことは言うものかと、おきぬは自分に言い聞かせた。そして大型の湯呑《ゆの》みに茶を注ぎ、団子とともに丸盆に載せた。

「おまちどおさま。どうぞ、ごゆっくり」

下がろうとしたおきぬを、男は呼び止めた。

「おたくを教えてくれた仲間から訊いたことだが……」

与助の口調が変わった。

「三ヵ月前そこの川っぷちで、勇ましいことがあったそうじゃないか、婆さん」

おきぬを見る目の光が、粘り気を宿していた。

「作務衣《さむえ》姿の娘が、男ふたりを手玉に取ったそうだが……」

与助の目の光が、一段といやらしさを増していた。

「富山への土産話に、持ち帰りたいもんでね」

また四文銭を四枚取り出し、丸盆に載せておきぬを見た。

「わずかな手間賃ですまねえが、これで作務衣娘のあらましを聞かせてもらいてえんだ」

与助の物言いが、すっかり江戸者に変わっていた。おきぬを見る目も、堅気《かたぎ》の者とは違う光り方である。

おきぬは銭四枚を摘《つま》むと、丸盆から取り出して緋毛氈《ひもうせん》の上に置いた。湯呑みと団子の皿も盆の外に出した。

「あいにくだけど、うちじゃあなにも分からないのよ」

丸盆を胸元に抱え持って、さらに続けた。

「お客さんの土産話を楽しみに待っている、富山のおにいさん方にも、ごめんなさいって、そう言っておくんなさい」

客に軽い辞儀をして、おきぬは内へと引っ込んだ。

与助は尖《とが》った目でのれんを睨《にら》み付けたあとは団子も食わず、茶も啜《すす》らずに立ち上がった。そして面倒くさそうに荷物を背負い、深川茶屋から出て行った。

男と入れ替わりに、二匹の犬が縁台に近寄ってきた。橋の北詰に並んだ長屋に棲《す》み着いている、キツネ色の毛で覆われた犬だ。

二匹とも犬のくせに甘い団子が大好きで、茶店の店仕舞いが近くなると寄ってきていた。熊市は二匹のために一串ずつ、毎日取り置いていた。

それを二匹に食べさせるのは、おきぬの役目だ。串から外した団子を素焼きの皿に載せて、二匹に食べさせた。

食べ終えた犬が甘え声でくうう〜〜んと鳴いたら、茶店の店仕舞いだった。

いまは店仕舞いどころか、口開けだ。

二匹は縁台に置かれたままの団子二串が、気になっているらしい。が、行儀のわるいことはせず、縁台の端で伏せをしていた。

男が茶店を離れて行くのも、二匹が縁台の端に伏せているのも、のれんの内からおきぬは見ていた。

犬が寄ってきてもすぐに出て行かなかったのは、わけがあった。ひっきりなしにかわやに向かう熊市が、腹と尻とに手を当ててしゃがみ込んでいたからだ。

「今度また、かわやにしゃがんだら、朝から五度目だ」

工合がよくないのは、朝の牡蠣《かき》のせいだと、熊市は言い切った。

毎朝のしじみ売りが、今朝は獲れたての牡蠣を商っていた。

「生《なま》牡蠣はうちのひとの大好物だから」

おきぬは朝餉《あさげ》の一品として、酢牡蠣を添えた。が、当人の好みではなく、殻つきの三つすべて、熊市に供していた。

殻をはずしたあと、酢醤油《すじょうゆ》をじかにふりかけて仕上げた酢牡蠣だった。

「もういっぺん腹が騒いだら、医者に診て貰ってくる」

腹を押さえたまま言う熊市に、おきぬは染谷《せんこく》を勧めた。

「先生のお灸《きゅう》が、食中《あた》りには一番だもの」

「そうだなあ……」

答えているうちに、また来たらしい。

熊市が戸を開いたのを見たおきぬは素焼きの餌皿を手に持ち、のれんをくぐった。

二匹は素早く立ち上がり、尾を振った。

与助が手つかずのまま残していった団子の串を外し、皿に載せた。犬の尾の振られ方が、烈《はげ》しさを増した。

「口開けの団子だからね」

残されて縁起に障《さわ》りそうだから、かけらも残さずに平らげておくれ……おきぬに言い聞かされた二匹は、激しく振る尾でがってんでさと応えていた。

湯呑みの茶も手つかずである。縁台に腰を下ろし、茶を啜っていると熊市が出てきた。

「染谷さんとこに行ってくる」

うなずいたおきぬは、与助の一件を伝えるようにと言い添えた。

「置き薬姿のまるで似合わないのが、いまりちゃんのことを探しているって……」

おきぬは渡世人を思わせる与助のことを、気にしていた。いまりに仇《あだ》を為《な》すために、聞き込み回っているのだと、案じていたのだ。

しかし茶店は口開け早々である。団子の支度はできており、熊市が出かけていても商いに障りはない。

が、おきぬまで出かけたのでは、商いにはならなくなる。

たとえよしず張りの茶店でも、開店をあてにして足を運んでくれる客はいるのだ。

できれば熊市と一緒に染谷の治療院を訪ねたいと思っていた。

口の重たい熊市に任さず、自分の口で与助の子細を話したいと思っていたのだ。

ところが。

「おめえ、たいがいにしてくれ」

腹を押さえた熊市が、引き留め続ける女房に向かって声を荒らげた。

「ごめんなさい」

めずらしく、おきぬは素直に詫《わ》びた。

聞き終えるなり熊市は、前かがみの姿勢で染谷の治療院目指して足を急がせ始めた。

二匹は団子皿から顔を上げ、熊市の後ろ姿を見送っていた。

二

染谷の治療院は深川茶屋からは、わずか十町（約一・一キロ）ほどの隔たりでしかなかった。大横川《おおよこがわ》北岸に広がる蛤町《はまぐりちょう》のなかで、川に面して建てられた平屋である。

治療院と住まいとが棟続きだ。とはいえ屋根は、治療院のほうが高かった。

骨折患者の治療には天井に取り付けた吊《つる》し器具を使う。そのため屋根は住まいより、一間《けん》（約一・八メートル）高くなっていた。

蛤町に降り注ぐ陽差《ひざ》しは、真冬のいまも柔らかな温《ぬく》もりを含んでいる。

「これぐらいに穏やかなのが、緑もぐさには一番の陽差しだ」

「身体《からだ》に刻みつけておきます」

いまりの物言いが引き締まっていた。

もぐさを両手で抱え持った染谷は、目の粗い木綿《もめん》布に広げた。いまりも染谷に倣《なら》い、もぐさを両手に抱え持った。

大横川に面した薬草部屋には、陽を取り込む窓が設けられていた。南向きの薬草部屋は、季節に応じて差し込む陽が変わった。

暑気の夏場の天道《てんとう》は、高い空を移る。ゆえに陽光は、薬草部屋の窓際で留《とど》まった。

窓辺の明るさは部屋の隅まで届いたが、直射の陽光が差し込むことはなかった。光が眩《まぶ》しいときはすだれを垂らした。

秋分のあとでは、陽は部屋の奥にまで差し込む。真冬のいまは、陽のぬくもりが薬草部屋をほどよく温めてくれていた。

もぐさを始めとする各種薬草を干すには、玄猪《げんちょ》から師走《しわす》までの陰干しが最適だった。

染谷といまりがザルに山盛りのもぐさを広げていたら、治療院の玄関で声がした。

「先生はおいでですかい？」

野太い声には、染谷もいまりも聞き覚えがあった。

「どうしたんでしょう……」

もぐさを干す手を止めて、いまりは染谷を見た。熊市だと分かっていたが、深川茶屋は口開けから間もない刻限である。

なにごとなのかと、いまりがいぶかしんでいたら、もう一度熊市がおとないを発した。

声の調子が切迫気味だった。

染谷に目で指図《さしず》されたいまりは、急ぎ玄関へと向かった。声はやはり熊市だった。

「どうしたんですか」

熊市は尻を押さえて、苦しげな顔を向けた。

「腹がゆるくて……我慢がきかねえんだ」

「わかりました」

くどくどとは質《ただ》さず、いまりは雪駄《せった》をつっかけた。そして熊市を川べりに構えてある患者用のかわやに案内した。

「用足しのあとで、もう一度……」

いまりが言っている途中で、熊市はかわやの戸に手をかけていた。

染谷の住居・治療院は徳兵衛店《とくべえだな》の木戸とは隣同士だ。長屋の井戸端には差配の徳兵衛が煙草《たばこ》を吹かすための大石が置かれている。

裏店《うらだな》とは言うものの、徳兵衛店も大横川に面しており、晴れている限りは陽光が井戸端にまで差し込んでいた。

徳兵衛が大石に腰を下ろして煙草を吹かすのは、不審者を入り込ませぬための見張りも兼ねていた。

徳兵衛店の木戸は蝶番《ちょうつがい》がいたんでおり、昼間は開きっ放しである。井戸端の大石は木戸の外まで見通せる位置に置かれていた。

尻を押さえ気味にして治療院を訪れた熊市を、徳兵衛は井戸端から見ていた。

そんな熊市のあとをつけてきた渡世人風の男たちのことも、しっかり目にしていた。が、長屋に向かってくる様子はなかった。

熊市がだれなのかも、徳兵衛はしらない。染谷の治療院を訪れた患者になど、徳兵衛は格別の興味もなかった。

男たちがあとをつけて来ようが、わしにはかかわりはない……一服を吹かし終えた徳兵衛は気にもとめず、新たな煙草をキセルに詰め始めていた。

＊

「熊市さんの腹のゆるみは、すっかり出し終わるまでは続くはずだ」

牡蠣に限らず、貝類の食中りは始末がわるいと、染谷は所見を告げた。

「かわやが近いのは仕方がないが、激しい腹痛はないのか？」

熊市は年上だが、いまの染谷は食中りを治療する鍼灸師《しんきゅうし》、医者である。年長者に対する物言いではなかった。

「腹下しはひどいが、痛みはない」

止め処《ど》なく下る腹を押さえるのがきついと、熊市は訴えた。

「下るだけなら、灸で治療できる」

治療台に横たわった熊市に、両足を真《ま》っ直《す》ぐに伸ばさせた。

「足袋《たび》を脱がせてやりなさい」

染谷の指示で、いまりは両足の足袋を脱がせた。おきぬの手入れがいいのだろう。足袋の内側は真っ白で、ふわりとした布の表面には剝《は》げ目もなかった。

「足裏が見えるように、かかとを突き出して、爪先を手前に引きなさい」

真っ直ぐに熊市の足裏が立てられた。染谷は右足裏の人差し指付け根あたりを押した。白くなっていた箇所が凹《へこ》んだ。

「痛みはどうだ？」

「まったく痛くねえ」

熊市の返事に得心した染谷は、いまりに灸の支度を言いつけた。

「なさけねえ話だが、おれは灸の熱いのが一番の苦手なんだ、染谷さん」

いまりのいる前で、情けねえ声を出したくねえと、小声で漏らした。

「案ずることはない」

患者を安心させる物言いで応じた染谷は、いまりからもぐさを受け取った。そして小さなとんがりを拵《こしら》えたあと、熊市の右足を横倒しにした。

人差し指付け根の膨らみに、もぐさを置いた。そして線香でもぐさに火をつけた。

もぐさがじわじわ燃え進み、とんがりの中程まで灰になった。

「どうだね熊市さん、熱いかね」

「まったく感じねえ」

もう火はついているのかと、熊市は問うた。

「間もなく燃え尽きる」

まさにその通りだった。足に残ったとんがりの灰を、染谷はいまりに拭き取らせた。すっかり灰がなくなったところで、二度目のとんがりに火をつけた。

これも熊市は痛がらず仕舞いで終わった。

「うおおっ、熱い！」

熊市が悲鳴を漏らしたのは、三度目のとんがりが、半分以上も燃え進んだときだった。

「あと少しの辛抱だ」

染谷に言われて、熊市は歯を食いしばって熱いのを耐えた。

燃え尽きた灰をいまりが拭き取ったところで、染谷は問い質した。

「腹の具合はどうだ、熊市さん」

熊市は両目を見開いて驚いた。

「言われてみれば、まったくあのひどかったのを感じねえ……」

熊市は仰向《あおむ》けの顔を染谷に向けた。

「さすがは染谷先生だ」

熊市が起き上がろうとしたら、染谷は鋭い口調で押し止《とど》めた。

「まだ左足が残っている。いまは半分が治まっただけだ」

熊市の表情が、もう一度こわばった。

「もういっぺん、あの熱いのを我慢するてえことですかい……」

熊市はいまりの前も忘れて、正味《しょうみ》で気落ちした声を漏らした。

「かわやに飛び込むよりは、ましだろう」

冷たく言い置くと、染谷はまたとんがりを拵え始めた。

熊市の左足は、いまりが横倒しにしていた。

*

「今日という今日は先生の鍼灸の凄《すご》さを、てめえの身体で思い知りやした」

心底の物言いで礼を言う熊市に、太郎《たろう》が番茶を供した。

ほかに茶がないわけではないが、熊市は深川茶屋のあるじだ。団子と焙じ茶が自慢の店である。

太郎はあえて番茶を供していた。

いまりは、近所の年寄り連中に診療所で身体の筋を伸ばす稽古《けいこ》をさせようとしていた。

住まいでは太郎と染谷が、熊市と向き合っていた。

「いまりちゃんがいないのが、これから話すことには、いい塩梅《あんばい》だ」

あぐらを組み直した熊市は、今朝の口開け客のあらましをふたりに聞かせた。

「その男は間違いなく、過日の二人とかかわりのある連中でしょう」

治療を終えた染谷は、年長の熊市に対して物言いが変わっていた。

「わざわざ知らせてくだすって、ありがとう存じます」

太郎も居住まいを正して礼を言った。

「熊市さんがここに来るのを、だれかがつけてきたということはないですか」

問うたのは染谷だった。

問われた熊市が表情を不安そうに動かした。

「だれかとは、あの置き薬屋ですんで？」

そんな熊市に染谷は、声の調子を明るく変えた。

「もしやと思っただけです」

染谷は口を閉じた。無用なことは言わぬに限ると決めたのだ。

どこかで深川茶屋といまりとのかかわりを、調べ上げているだろうと判じていた。

あの日、橋のたもとでいまりを待っていたのは、昭年《しょうねん》と染谷の子息たちだ。三人が深川茶屋の縁台に座っていたのを、だれかが見ていたのかもしれない。

番茶をすすりながら、染谷は今後のことを思い描いていた。

三

熊市は正午前に帰った。

「お昼はいまりの稽古づけが終わってからでいいですね？」

太郎の問いかけに、染谷は承知と小さくうなずいた。

いまりは近所の年配者を集めて、伸びの稽古をつけようとしていた。これを続けさせることで、加齢による身体の衰えと、肩凝《こ》りや膝の不具合発生を抑えることができる。

「医者の本分は治療ではない。芽が出る前に根を摘む。まだ生じてはいない未病を防ぐことにある」

染谷が目指す治療のありかたに、深く感銘を受けているいまりである。

年配者に起こりがちな未病を防ぐために、唐人・宋田兆《そうでんちょう》から学んでいる身体の筋伸ばし（関節を動かすこと）を教えるつもりだった。

「昼餉《ひるげ》は九ツ半（午後一時）からでいい」

染谷の物言いで、太郎は察した。

あれが食べたいのね……

夫婦ならではの呼吸だ。染谷が口にしなかったことを、太郎は察していた。

つい今し方まで、熊市と三人で番茶を味わっていた。熊市を思っての番茶だったが、染谷も太郎も本当の好みは焙じ茶である。

それに加えて、今日は二十日だった。

＊

今朝、永代寺《えいたいじ》が五ツを撞《つ》き始めるなり、太郎は外出の身支度を始めた。朝餉の洗い物はいまりの役目となっていた。

「あとはお願いしますね」

いまりに言い置き、太郎は大門《おおもん》通りへと出て行った。五ツ半（午前九時）に店開きする中村屋に向かったのだ。

染谷は五ツ半には治療院に移り、鍼灸治療を始めていた。

大門通りの菓子屋当主・中村屋善助《ぜんすけ》は、去年（天保五年）四月に人生でただ一度となるであろう、急な峠越えを果たした。

染谷と太郎の多大なる尽力を得てだ。

長らく背負わされていた重荷を下ろせた善助は、菓子職人の本分に立ち返った。そして長らく温めてきていた思案を形にした。

修業時代、善助は八ツ休みの甘味に「どら焼き」を試し作りした。

焼き上げた厚手の皮で、砂糖を利かせた小豆のこしあんを包んだ菓子である。

「こしあんの甘味を分厚い皮が引き立ててくれている」

どらやきは店の奉公人にはもちろん、菓子職人にまでも大受けした。

「黒門町《くろもんちょう》のうさぎやにも、この味なら負けることはねえ」

職人は正味で褒《ほ》めたが、店のあるじはきっぱりと撥《は》ねつけた。

「うちの暖簾《のれん》には合わない」

以来、おのれの店を始めたあとも、善助はどら焼きの思案は眠らせておいた。

まんじゅう屋の本分にはそぐわないと断じた、修業先のあるじの声に負けていたのだ。

重荷から解放されたことで、気分が大きく楽になった。染谷から教わった腰伸ばしのおかげで、長年の腰痛も軽くなっていた。

いまこそ、どら焼きを形にするときだと、善助はまんじゅう作りとどら焼き作りを同時に進めた。

「とってもおいしい。これなら評判になるのは間違いないわよ」

女房のおふくが手を叩《たた》いて味を褒めた。

善助も美味さには自信があった。が、どら焼き作りには、まんじゅう作りにはない幾つもの手間が潜んでいた。

快癒したと思っていた腰痛が、またじわじわと善助に取り憑《つ》いていた。

「どら焼きはおれの菓子だ。作るために他の職人を雇う気はない」

味を保ちつつ、ひとりで作るのは難儀の極みだった。

「おまいさんの身体がまた痛んだら、なんにもならないじゃないか」

腰痛のぶり返しを案ずるおふくは、ひとつの思案を口にした。

「月に一度だけ、その日はどら焼きしか作らないという決まりにしたらどうかしら」

「そいつは妙案だ」

善助に異存などなかった。

中村屋の休業日を使い、終日ひとりでどら焼き作りを試した。皮にも餡《あん》にも、焼き方にも存分に気を配って仕上げた。

ひとり仕事では一日百二十個が限度だった。

翌日、来店客に一個ずつ、前日仕上げたどら焼きを配った。

「新しく作るつもりの、中村屋のどら焼きです。味見をしてください」と言い添えて。

拵えて一日が過ぎた菓子だったが、返ってきた評判は上々だった。

「ぜひ買いたい」

「大門通りでどら焼きが買えるなんて」

返事をしてきたどの客も、今日にでも買いたいと口を揃《そろ》えた。試し作りを仕上げたのは九月下旬、秋の足音は確かに響いていた。

「秋が深まったこともあり、一日おいても味に変わりはなかった」

九月から翌年三月までの間、毎月二十日に限り、どら焼きを販売すると善助は決めた。

とはいえ作れるのは百二十個である。

ひとり二個に限り、五ツ半の口開けから売り出す。売り切れ次第、二十日の商いは仕舞いとする形で、去年十月からどら焼きの販売が始まった。

売り出し前日、十九日の夕暮れ時に、善助はおふくを伴って染谷の宿を訪れた。

いまりはまだ検番《けんばん》に籍を置いており、宿には染谷と太郎のふたりだけだった。

四月の騒動以来、太郎は中村屋にほとんど出向いておらず、久方ぶりに善助夫婦と顔を合わせた。

善助たちが染谷を避けたわけではない。まるで逆で、染谷が善助を遠ざけていたのだ。

善助たちが蛤町にお礼参りに出向いてくる前に、染谷は太郎と連れ立って中村屋を訪れていた。

「わしと太郎に恩義を感じて、あれこれ気遣うことなど、一切無用だ」

菓子作りに励みなさいと言い置き、さっさと中村屋を出ていた。

その後、太郎は中村屋に顔を出せずにいた。

中村屋のまんじゅうは買いたかった太郎だったが、染谷の手前もあり、出向くのを控えていた。

「まったく、あんなことさえ言わなければ、こんな苦労もせずに済んだのに……」

太郎にしてはめずらしく、染谷への愚痴を呟いたりもしていた。

年が明けたら、再びおまんじゅうを買いに出向けるからと、太郎はその日を心待ちにしていた。

そんな折りの来訪だったがゆえ、太郎は客間に迎え入れた。

善助はくどい話はせず、仕上げたどら焼き十個を差し出した。

「明日の二十日から毎月一度、二十日に限ってこれを売り出します」

作れる数は百二十個だけ。ひとり二個を限りに買って貰うつもりだと染谷に明かした。

「話はまず、ひと口を食ってから聞こう」

焙じ茶で味わった染谷は、餡と皮の見事な調和ぶりに舌を巻いた。

「大した美味さだ」

短い言葉のなかに染谷の思いが、皮に包まれた餡のように凝縮されていた。

太郎も美味さに仰天していた。

「身体が空いている限り、二十日の五ツ半に大門通りに出向きます」

太郎の言葉は世辞ではなかった。

甘い物好きの染谷だが、十個は多い。向かいの昭年一家に四個をお裾《すそ》分けしたが、まだ四個が残っていた。

「徳兵衛さんもおかみさんも、とっても甘い物好きですから」

太郎は二個をお裾分けした。

「大門通りの中村屋で、毎月二十日の五ツ半から売り出しなのね」

太郎より年長の女房は、いま聞いたことをなぞり返した。

「あたしもかならず、買いに出向くから」

善助のどら焼きの美味さには、口にしただれもが目を見開いて驚いていた。

天保五年十月二十日。

太郎は朝五ツを四半刻《しはんとき》（三十分）過ぎてから、中村屋に出向いた。四半刻あれば、ゆるく歩いても五ツ半の開店には間に合うと考えたからだ。

足取りは見当からわずかに遅れていた。大門通りに行き着いたときは、すでに開店時刻を過ぎていた。

客の長い列の尻尾についたら、前の客がこぼす声が耳に届いた。

「とってもこれじゃあ、買えないわよ」

「早いひとは五ツから並んでいたらしいもの」

客同士の小声は当たっていた。ひとり二個限りのどら焼きは、太郎から十二人前で売り切れとなっていた。

初回の読みの甘さに懲《こ》りた太郎は、十一月からは五ツの鐘と同時に蛤町を出ていた。店先で二個を買い求める太郎に、おふくは目を見ながらあたまを下げた。

が、いつの回も別扱いは一切せずだった。

＊

「今朝は一段と凍《こご》えがきつくなってきたけど」

身支度を調《ととの》えた太郎は、襟元をきゅっと合わせて染谷に話しかけた。

「どれほど寒くても、お客さんの数は減らないのよ」

どら焼きの美味さに、太郎はあらためて感心しながら、宿を出て行った。そして首尾よく手に入ったなかの一個を菓子皿に載せて、染谷に供した。

どら焼きを口にした染谷に、太郎は今朝の中村屋でのいきさつを話した。

「月を重ねる毎《ごと》に、おふくさんの表情がふくよかになっています」

太郎も自分の湯吞みを手に持った。

「仕事が巧《うま》く運ぶことが、ひとが生きていく一番の特効薬ですね」

言葉を結び、ひと口を啜ってから、太郎は染谷を見た。

「熊市さんが報《しら》せにきてくれたのは、いまりを案じてのことですよね？」

察しのいい太郎に、隠し立てはできない。

「もしも富山の薬屋が渡世人の扮装《ふんそう》だったなら、熊市さんのあとを追ってきたのは九分九厘間違いない」

茶を啜った染谷は、湯吞みを膝元に戻した。目は太郎に向けられていた。

「徳兵衛さんのご内儀《ないぎ》も、いつも通りに列に並んでいたか?」

問われた太郎は首をわずかに振った。

「わたしが帰るとき、長い列の後ろにいたけど、あれでは買えなかったと思います」

目もとを緩めた染谷は、菓子皿に残っている太郎のどら焼きを皿ごと手に取った。

「おまえにはすまないが、これを徳兵衛さんへの手土産にするぞ」

これだけを聞いて、太郎は染谷の考えを呑み込んだ。

「よろしくお願いします」

娘を案じている母親の物言いだった。

*

「あんたの言う通りだ」

岩に並んで座した徳兵衛は、キセルに煙草を詰めながら口を開いた。煙草盆の脇には竹皮に包まれたどら焼きが置かれていた。

「尻に手を押し当てて、前屈《まえかが》みになっておたくの玄関に向かった客の後ろに」

詰め終えたキセルの火皿を、徳兵衛は種火に押しつけた。そして息を吸った。

持ち上げた火皿が真っ赤になり、徳兵衛の口がすぼまった。存分に煙草を吸い込んだあと、惜しむかのように煙を吐き出した。

徳兵衛が一服を終わるまで、染谷は黙して待っていた。

「小径《こみち》の手前まで、ふたりとも、あんたのお客のあとをつけてきたんだろうさ」

ひとを目利《めき》きする徳兵衛の眼力は確かだと、染谷は得心していた。

「身のこなしから見ても、あとをつけてきた若い者はふたりとも、堅気じゃあない」

ここでまた徳兵衛は次の一服をキセルに詰め始めた。が、今度は火皿に押しつける前に、染谷に話しかけた。

「おたくの玄関に向かった大柄な男が、あのふたりの目当てじゃあない。あんたんところを見つけるためだったはずだ」

それが証拠に染谷の診療所の場所が分かるなり、若い者ふたりはさっさと場所を離れた。

「見るからに渡世人風の若い者たちだ」

徳兵衛は詰めかけの雁首《がんくび》を染谷に向けて突きだした。

「あんたの娘さんが素性のよくない男を相手に、見事な立ち回りをしたというじゃないか」

いまりの武勇伝は、徳兵衛の耳にまで聞こえていた。

「この先しばらくは、娘さんも気をつけていたほうがいいんじゃないかね」

「ありがとうございます」

聞きたいことは徳兵衛が聞かせてくれた。礼を言い岩から降りた染谷を、徳兵衛が引き留めた。

「いまの話で、このどら焼きの貸し借りはなしだ」

「もちろんです」

染谷が小声で応じたら、徳兵衛はキセルを種火に押しつけていた。

四

高橋の北詰、小名木《おなぎ》川に面して駕籠《かご》宿住吉《すみよし》屋は裏木戸を構えていた。

表向きの稼業は四《よ》つ手《で》駕籠五挺《ちょう》と、十六人の駕籠舁《か》きを抱えていることになっていた。

江戸市中のあちこちで駕籠を停《と》め、客待ちをするのが四つ手駕籠だ。真冬でも薄い半纏《はんてん》一枚を羽織っただけで、下半身は尻剥《む》き出しの下帯一本というのが、お決まりの身なりだ。

足の速さが売り物の駕籠舁きは、どの四つ手駕籠も荒くれ者が大半を占めていた。

住吉屋とて、険しい人相の男が駕籠舁きであるのは同じだった。が、駕籠宿は世間を欺くための扮装で、賭場《とば》が本業なのだ。

小名木川の北岸に勝手口を構えているのも、猪牙《ちょき》舟《ぶね》や屋根船の客を自前の桟橋に横着けさせて、裏口から受け入れるためだ。

駕籠舁きは全員が、夜の賭場で若い者を務めていた。

四つ手駕籠は町木戸が閉じられた四ツ（午後十時）以降の江戸市中でも、自在に客を乗せて走ることができる。

賭場には舟は使わず、駕籠で遊びにくる客もいた。そんな客が深夜に帰ると言い出したときは、その夜の当番舁き手が駕籠の長柄《ながえ》に肩を入れた。

駕籠宿を装う住吉屋は世間体を取り繕うのみならず、遊び客にも重宝がられていた。

*

染谷が徳兵衛から、渡世人が熊市をつけてきた顚末《てんまつ》を聞き取っていたころ。

住吉屋あるじの虎蔵《とらぞう》は、客の姿がない昼間の賭場に、配下全員を呼び集めていた。

すこぶる機嫌がわるいらしい。ひっきりなしに煙草盆の灰吹きに、キセルの雁首を叩《たた》きつけていた。

「与助はまだけえってこねえのか」

尖った声が配下にぶつけられた。だれもがこうべを垂れて身を低くしている。

虎蔵の怒声が、低くした頭上で過ぎるのを待っていた。

深川茶屋の様子を見張るように差し向けたのが与助である。九ツ半（午後一時）を過ぎても、いまだ戻ってこないことに焦《じ》れたのだ。

しかし虎蔵の不機嫌は、それだけが理由ではなかった。昨夜の賭場が、目一杯に湿《し》けっていたからだ。

月に六度、四と九のつく日が賭場の開帳日だ。今月はこの日まで、どの回も客足に威勢がなかった。

陰の金主《きんしゅ》である平野町の検校《けんぎょう》に、月末に帳面を見せれば、きつい咎《とが》めを食らうのが目に見えていた。

「おめえらみんな、つらを上げねえ」

ひときわ強く虎蔵が声を張った。直《ただ》ちに全員が顔を上げた。

「おれがなんだって、ここまで苛立《いらだ》っているか、おめえらにも見当はついてるはずだ」

前列に座している栄助《えいすけ》を名指しし、虎蔵は返答を質した。

「ゆんべの賭場も、まるで威勢がなかったからでさ」

「ばかやろう！」

栄助が言い終わるなり、虎蔵はさらに声をきつく尖らせた。

「賭場が湿けるか栄えるかは、その日の天気次第てえこともある」

虎蔵に睨み付けられた栄助は、首をすくめて目を伏せた。

「賭場が湿けったぐらいで、いちいち肚《はら》を立ててるほど、ケツの穴は小さくねえ」

虎蔵がドスを利かせて吠えた。配下の面々は神妙な顔でうなずいた。

しかし肚の内では虎蔵を嘲《あざけ》っていた。ひと一倍、気が小さくて、金主の顔色ばかり気にしているのが虎蔵だったからだ。

配下の思いには気づかぬまま、虎蔵はさらに声を張って続けた。

「渡世人てえのは、ひとから怖がられてなんぼの稼業だ」

虎蔵はなかほどに座しているふたりの名を挙げて、その場に立たせた。

「おめえたちは情けねえことに、素性の知れねえ小娘に」

言いながら怒りが強くなったらしい。虎蔵も立ち上がり、ふたりめがけて右腕を突き出した。

「場所もあろうに、人通りの多い大横川べりで、あっけなく始末されやがった」

摑《つか》みかかろうとする虎蔵を、代貸《だいがし》が立ち塞《ふさ》がって抑えた。

「ばかやろう！」

ふたりと代貸に吐き捨ててから、虎蔵は元の座に戻った。

代貸の指図で、ふたりは虎蔵にこうべを垂れてから座った。

「住吉屋の名にかけても、その小娘を突き止めねえことには、おれの気が晴れねえ」

代貸を含む全員が、口元を引き締めて強くうなずいた。こうしなければ、虎蔵の話は長くなるばかりだからだ。

配下の神妙な顔つきを見て、わずかに虎蔵も荒《すさ》んだ気が静まった。

「与助の聞き込みを聞かねえことには、なんとも言えねえが」

虎蔵がまた新たな一服を詰め始めたとき、廊下を急ぎで向かってくる足音がした。

虎蔵と配下の全員が賭場に詰めていることに、なにごとかと与助は驚いたようだ。

賭場の後ろから入った与助は、立ったまま虎蔵に辞儀をした。

「そこにいねえで、こっちに来《き》ねえ」

帰りを待ちかねていた虎蔵は、右手を大きく振って呼び寄せた。

前列に座していた男たちが尻をずらし、代貸の隣に与助の座り場所を空けた。

「手間がかかりやしたが、あの娘《スケ》の素性が分かりやした」

虎蔵に目で促された与助は、聞き込んできた子細を話し始めた。

「深川の蛤町に、こていな鍼灸の治療院がありやす」

蛤町の鍼灸治療院……虎蔵は平然と聞いていた。だが蛤町の鍼灸治療院と聞いて代貸の顔がこわばっていた。

虎蔵は先を聞きたがっている。与助は息継ぎすらせず、話を続けた。

「ここのふたりにひでえ恥をかかせたスケは、その治療院の娘でやした」

治療院を営むのは、染谷という鍼灸師。

「娘は染谷てえ鍼師《はりし》の長女で、名はいまりでやした」

与助は山本町の下駄屋の婆さんから、知りたいことを残らず聞き出していた。

「婆さんの口を軽くするために、欲しくもねえ編み上げわらじを買わされる羽目になりやした」

下駄屋の婆さんはしたたかで、一番高値のわらじを与助に押しつけていた。

「いまりてえ娘は、先《せん》は辰巳《たつみ》芸者だったてえんでさ」

ところが不意に親父に従うようになったと、婆さんは子細を明かしていた。

「いまでは町会のばばあを集めて、身体の筋を伸ばす稽古をつけようとしているてえ話でやして」

与助は大きく息を吸い込んでから、結びに入った。

「町内では、てえした人気だてえやした」

黙って聞いていた虎蔵は、目を尖らせて与助を睨み付けた。

「おめえまでが、その小娘を褒めてどうしようてえんだ」

きつい物言いを与助に吐き捨てたあと、もう一度座を見回した。

「ここから先は、おれと代貸とで小娘への仕置きを考える」

これだけ言うと代貸だけを残し、配下の面々を下がらせた。

代貸は思案に詰まったという表情で、深いため息をついていた。

五

代貸にあれこれ、いまりへの仕置き指図をくれた翌日。十一月二十一日の八ツ（午後二時）前に、虎蔵は代貸を伴い、平野町にいた。

金貸し検校のなかでも抜きんでた金高《きんだか》を動かしている、大木《おおき》尊宅《そんたく》の屋敷である。

住吉屋の真の金主も尊宅だ。検校の指図に逆らったり、気に染まない振舞いに及んだ者は、生きたまま簀巻《すま》きにされて、深夜の小名木川に投げ込まれた。

配下の前では凄んでみせる虎蔵だ。しかし尊宅の前では虎が猫と化した。

虎蔵が知っているだけでも、三人が簀巻きにされて投げ込まれていた。

「あんたも命を大事にしたほうがいい」

わざと投げ込み現場に虎蔵を呼び出し、始末される男が発する仕舞いの声を虎蔵に聞かせていた。

尊宅の恐ろしさを知りぬいていても、虎蔵は配下の前ではおくびにも出さなかった。

「平野町はおれの金主だが、それだけのことだ。荒事《あらごと》の加勢では、おれが検校に指図をくれることになっている」

実態は虎蔵の強がりとは正反対だと、代貸は分かっていた。が、いつも異を唱えることなく、神妙な顔で従ってきた。

しかし今回だけは虎蔵に従っていたら、自分まで簀巻きにされると代貸は怯《おび》えた。

昨日、虎蔵からいまり仕置きの指図を受けたあと、代貸は直ちに検校屋敷に出向いた。そして検校の代貸役、勾当《こうとう》の元徳《げんとく》との面談を求めた。

互いに当主に仕える代貸の身で、気心が通じ合っていた。

「うちの虎蔵が、染谷先生のお嬢に手出しをしようと躍起になっています」

ここまでの顚末を余さず元徳に聞かせた。

尊宅は愛娘のさゆりを染谷に治療してもらって以来、深い敬いを抱いていた。

それは尊宅のみならず内儀おくみも娘も同様だった。わけてもおくみは、数ヵ月に一度、染谷から屋敷で鍼灸治療を受けていた。

「染谷先生の緑もぐさは、身体の芯の痛みまで軽くしてくれます」

おくみはいまも染谷に全幅の信頼を寄せていた。この子細を代貸は元徳から、酒を酌《く》み交わしながら聞かされていた。

「すぐにも尊宅様のお耳に入れてくる」

急ぎ尊宅に聞かせたら、翌日の八ツに呼び寄せよと命じられた。

その場で聞いたことは、一切口にせぬとの約束のもと、検校と虎蔵の面談の場には、代貸も陪席することになった。

＊

尊宅の前に出た虎蔵は、脇の代貸にも命じ、ふたりとも正座になっていた。

今月は賭場の威勢が、いまひとつである。それを質されるのだろうかと、急な呼び出しの理由を思い巡らせていた。

元徳を従えてふたりの前に座した尊宅は、意外にも穏やかな物言いで口を開いた。

「貸元《かしもと》には、大層に威勢がよいそうですな」

のっけからこれを言われた虎蔵は、思わず正座の尻をずらした。

尊宅には江戸市中二千の座頭《ざとう》のうち、半数の千人が従っていると噂《うわさ》されていた。途方もない人数の座頭が尊宅の耳にいれる秘事は、公儀大目付《おおめつけ》の耳に入る情報と肩を並べるとまで恐れられていた。

「あいにく今月は、賭場の上がりがいまひとつでやして……」

威勢がいいという尊宅の言い分を、虎蔵はきつい皮肉だと思っていた。

「それは謙遜がすぎますぞ、貸元」

尊宅の物言いが厳しくなった。

「貸元は若い者を大勢動かして」

言葉を区切るなり尊宅は、あたかも目が見えているかの如《ごと》くに虎蔵を睨《ね》めつけた。

「染谷先生のお嬢に、ひどい仕置きを加える算段を進めておいでですな」

ていねいな物言いだけに、凄みは深い。

なぜ尊宅が染谷を知っているのかと、仰天が加わり、虎蔵の口中がいきなり渇いた。

見えずとも虎蔵の怯えを、尊宅は気配から察している。睨めつけ方が厳しさを増した。

「染谷先生はわしはもとより内儀にあっても、かけがえなきご恩あるお方だ」

尊宅が鈴を振ると、目明きの下男が三方《さんぽう》を運び入れてきた。鍼ともぐさが、それぞれ二種類ずつ白磁の皿に載っていた。

尊宅は右手に染谷の治療鍼、左手には太い鉄針を持ち、虎蔵に見せた。

尊宅は、なにを始める気なのか。

成り行きが呑み込めず、虎蔵の怯えが深まっていた。そんな虎蔵の胸中を見通したかのような声で、尊宅は両手に鍼を持ったままで話を続けた。

「右手の鍼は染谷先生のたすけ鍼だが」

染谷の鍼を皿に戻し、左手を虎蔵めがけて突き出した。虎蔵が「うわっ」と声を漏らし身体をずらしたほどに、尊宅の突き出し方は盲人の動きではなかった。

「この手に持っているのは、わしが拵えさせた始末の針だ」

尊宅は左手に持った太い鉄針を突き出したまま、あとを続けた。

「染谷先生のお嬢に一歩でも近づいたら、わしがこの針であんたを始末する」

穏やかな尊宅の物言いだけに、一段と凄みがあった。

「承知なら、わしに聞こえる声で答えてくれ」

尊宅が言い終わるなり、虎蔵は声を発した。

「承知しました」

虎蔵の声が震えていた。

「貸元も声が震えているようだが、首と肩が凝っているのかもしれぬ」

鍼二種を三方に戻した尊宅は、もぐさが載っている小皿ふたつを手に持った。

「この緑もぐさは染谷先生の調合で、わしの内儀も喜んで灸をすえてもらっておる」

尊宅はまた左手の小皿を虎蔵に突き出した。

「このクソ色のもぐさは、強情な口を割らない大男でも、ひとつまみで洗いざらいを歌い出す、わしの特製もぐさだ」

突き出された虎蔵は、芯から震えていた。

「まだ何か言い分はあるか」

「滅相《めっそう》もないことです」

虎蔵は両手づきでひれ伏していた。

午後の陽に、薄い雲がかぶさったようだ。柔らかくなった陽差しを喜んだ緑もぐさが、三方に置かれた皿の上で、緑色を際立たせていた。

もの忘れのツボ

一

天保《てんぽう》六（一八三五）年の師走《しわす》入り、十二月一日はことさら朝が凍《い》てついていた。

この年は七月のあと、閏《うるう》七月が暦に組み入れられていた。例年なら八月朔日《ついたち》のはずが閏七月朔日となり、二度の七月を過ごした。

そんな次第で八月以降は、順繰りに一ヵ月遅れとなり、年末の師走を迎えることになったのだ。

本来なら一年で一番寒い大寒まであと三日という日が、この年の師走入りとなった。

そんな十二月一日の五ツ半（午前九時）過ぎ。染谷《せんこく》といまりは治療室脇の薬草干し場で向き合っていた。

薬草を乾かすには、種類によって天日干しと陰干しの使い分けが必要だ。この薬草干し場は両方に対応できる拵《こしら》えだった。

室内に火気は厳禁である。五ツ半の冬日が差し込む場所で、ふたりは白い息を吐きつつ、板の間で向き合っていた。

「今日から稽古場《けいこば》を使えるそうだな?」

「予定より三日も早く、棟梁《とうりょう》が仕上げてくれましたので」

いまりは弾んだ声で染谷に応じた。

大横川《おおよこがわ》に面した離れを使い、いまりの願い通りの稽古場が仕上がっていた。

「四ツ(午前十時)からの初稽古に人数は揃《そろ》っているのか?」

「六人います」

父親に人数を明かすのは、これが初めてだった。いまりは染谷を見詰めて返答した。

稽古場は二十畳大の板の間と、四畳半の着替え部屋という簡素な拵えだ。調度品は天井から吊《つ》り下げられた赤玉がひとつ。板の間から天井までは一間半(約二百七十三センチ)の高さがあった。

いまりが教える筋伸ばしの稽古のため、天井は高く普請《ふしん》されていた。

「六人集まってくれれば上出来だ」

染谷の物言いが、初めて和んでいた。

＊

いまりが庭先の離れに手を加えてほしいと染谷に願い出たのは、一ヵ月半前である。もとは染谷が治療薬ともぐさの薬草保管所としていた小屋だ。とはいえ治療に直結する薬草に加えて、各種器具も仕舞っていた。

小屋普請を請け負った棟梁は、みずから木場に出向き、板材を吟味していた。

いまりが望む稽古場仕上げは、多少の板を張り替えただけで充分だった。寒さは日に日に厳しくなっており、太郎《たろう》が用意した茶は強い湯気を立ち上らせていた。

「これから真冬に向かって、年配の方々は身体《からだ》が硬くなるばかりです」

あのときもいまりは、父親の目を正面から見詰めて話していた。

「足腰の運びが鈍くなり、大怪我《おおけが》を負う年寄りが増えるのが、これからです」

そんなことは百も承知の染谷だが、娘の言い分を黙って聞いていた。

「先生の未病を治すという教えは、宋田兆《そうでんちょう》先生も同じお考えです」

宋田兆はいまりの拳法師匠である。宋田兆の下への入門を命じたのは染谷だった。

染谷が宋田兆を高く買っている最大の理由は、おのれが信条とする「未病を治す」を、宋田兆もまた信条としていたからだ。

染谷は小さくうなずき、娘に先を促した。いまりは膝に載せた両手に力を込めて話を続けた。

「身体中に張り巡らされた筋は、達者に生きる大事を担うひとつだと、宋田兆先生からも常に教えられています」

拳法を習得したあとは、父親に弟子入りして鍼灸《しんきゅう》治療師を目指します……いまりからこれを聞かされた宋田兆は、染谷の治療に役立つ手助けの道の伝授を始めた。

「未病のうちに、相手の身の丈に合った、ほどのよい稽古を始めれば、達者でいられる」

宋田兆の教えに従い、筋伸ばしを存分にできる稽古場を造りたい……

いまりの頼みに、染谷は耳を傾けた。

「いまからわしが問うことに得心がいけば、稽古場普請を承知しよう」

染谷が言うと、いまりは正座の背筋を伸ばして居住まいを正した。

「まずは稽古代だ」

短く言った染谷は、目の光を強めた。

「だれに稽古をつける気なのかは、すでに聞いたが」

染谷は膝元の茶をすすり、先を続けた。

「相手にしようと考えているのは、治療院周辺に暮らす、太郎と同年配の女人だろう」

「そうです」

即答したいまりを見詰めてから、染谷はさらに先へと続けた。

「おまえは太郎《かあさん》や検番《けんばん》の女将《おかみ》やらと接しながら育ってきた」

ふたりとも還暦を過ぎたいまでも、生き方には太い筋が通っている……いまりを見詰めたまま、口調を変えた。

「だがいまり、かあさんやら女将やらは、背骨の芯を流れる髄が違う」

決めたことは守る。

他人《ひと》さまに迷惑はかけない。

恥ずかしいことはしない。

「この三つを大事にして生きているがゆえ、還暦を過ぎてなおサビつかない」

臆面も無く連れ合いを褒める父の話を、いまりは好ましく思いながら聞いていた。

「しかし多くの年配女人は、かあさんたちとは違うぞ」

決めたことでも自分の都合で、ずらしたりする。そうされた相手が迷惑するやもしれぬことには、思い至らぬままで。

つまるところ、人を気遣うゆとりがなくなる。

「おまえが相手にしようとするのは、一筋縄ではいかぬ面々だ」

そんな手強《てごわ》い相手から、きちんと稽古代を徴収できるのかと、染谷は語気を強めた。

質《ただ》されたいまりは、目を天井に向けて黙した。が、言葉に詰まったわけではない。

いま染谷から問い質されたことの答えを、いまりはすでに宋田兆から聞かされていたのだ。

宋田兆の言葉を思い返しながら、いかなる返答をすべきかと思案していた。

＊

「年配者たちの未病を防ぎ、かつ治すのは、拳法師範を目指す者には必須の心がけであると心得よ」

いまりが目指そうとする姿勢を諒《りょう》としたあと、宋田兆は口調を引き締めた。

「そなたが稽古をつけようとする年配者、とりわけ歳《とし》を重ねた女人たちは、等しく勘定に長《た》けている」

宋田兆は厳しい口調で断じ、先を続けた。

「ただでよいと知ったときは、先を競ってむらがる。ただであるのが肝腎《かんじん》で、なにが得られるかには重きをおかぬ」

習い事なら長続きせず、安易に習うことを止《や》める。

「いかほど先々の身体に効き目があると説いても、ただでは止めるを厭《いと》わぬものだ」

宋田兆の物言いは、すこぶる辛口だった。

「ところが、そなたが一回十六文《もん》、かけそば一杯分の稽古代を徴収したならばどうなるか」

宋田兆はひと息をあけて、答えを口にした。

「払ったからには元を取り返そうとして、稽古に気が入るのは間違いない」

勘定高いがゆえの効き目だと断じ、稽古代を幾らにするかの指針を十六文と示した。

「そば代とするか、身体のために投ずるか、判断がつけやすい。勘定高い相手には、分かりやすいことが大事だ」

宋田兆の指針に、いまりは深くうなずいた。

「ただし、断じて月極《つきぎめ》は無用だ。稽古のたびに十六文を払うことで、稽古ぶりがひたむきになる」

たとえば稽古日は毎月三回と、宋田兆は具体案を示した。

「三のつく三日、十三日、二十三日のように、そなたが決めればよい」

宋田兆の物言いが、さらに引き締まった。

「稽古を受ける当人たちに、これは役に立つ、身体にいいと実感してもらえる教え方を心がけよ」

得心顔となったいまりを見たことで、宋田兆は物言いを和らげた。

「稽古の意味を呑《の》み込めた面々なら、稽古場での身体の動きが違ってくる」

達者に動きだした姿を見れば、周囲がかならず気づくと宋田兆は続けた。

「近頃、とても動きが若返ってみえるけどなどと言われると、だれよりも当人が喜ぶ」

結果、稽古に熱が入り、さらに動きが軽やかになる。

「そなたが目指すべきは、満足した弟子を生み出すことだ」

宋田兆の結びを、いまりは背筋を張った身体で受け止めていた。

黙して聞き入っていたいまりが、ここで初めて問いを発した。

「効き目があらわれやすい相手とは、どういう方を指しますのでしょうか」

問われた宋田兆は、初めて目元を和らげた。

「そなたの父上に教わるがいい」

宋田兆の毅然《きぜん》とした物言いからは、染谷への敬いと信頼が溢《あふ》れ出ていた。

＊

宋田兆が示した稽古代の指針に、染谷は深く納得していた。そして「染谷に訊《たず》ねよ」との言伝にも、染谷は得心していた。

「たまご屋のおとみさんこそ、宋田兆殿が言われた大事な相手だ」

染谷はまた湯呑《ゆの》みに手を伸ばした。が、あいにく茶は残っていなかった。

湯呑みを膝元に戻した染谷は、立ち上がろうとしたいまりを止めた。

「いまはわしの茶に気遣うよりも、なぜおとみさんなのか、その子細に耳を澄ますときだ」

きつい口調で娘に叱責をくれた。が、その声は親の慈愛に満ちていた。

二

十二月一日、四ツ（午前十時）前。

手入れされた稽古場隅の着替え部屋では六人の女人が、白い息を吐きながら、いそいそと着替えを進めていた。

稽古開始は四ツの捨て鐘第一打が、撞《つ》かれ始めるのが合図とされていた。

今日が初の稽古日、十二月一日だ。

稽古は毎月三回、一のつく一日、十一日、二十一日の月三回となっていた。

三日後には一年で一番寒い大寒だ。厚手の肌色木綿の上半身肌着に、小豆色《あずき》の股引《ももひき》という取り合わせが、いまりの選んだ稽古着だった。

これから始めるのは、身体の筋を伸ばしたり、関節を回したりする動きだ。

「もともとが身体の硬くなっている女人たちを相手とするのだ。筋を存分に伸ばすには、柔らかな稽古着がいい」

宋田兆の指示に従い、いまりは吟味を重ねた。

そして選んだ肌着も股引も、筋伸ばしの動きを助ける柔らかな素材の稽古着となっていた。

上下一着で百五十文。加えて一回の稽古代が十六文である。

それだけの入費を払ってでも、いまりの稽古を学びたいという六人が、隅の四畳半で着替えを進めていた。

「いまりちゃん、いまりちゃんに稽古をつけてもらったら、この右腕が」

着替えを済ませたたまご屋のおとみは、師範であるいまりをちゃんづけで呼んだ。

四歳どきからたまごを買いに来ていたいまりだ。たとえ師範だろうが、おとみにはいまりちゃんだった。

話しながら右腕を上げようとしたが、肩から上に持ち上げられず、びりりっと走った痛みにおとみは顔を歪《ゆが》めた。

その腕をおろして、言い分を続けた。

「いまみたいに痛がらずに、肩から上まで上げられるようになるって、太郎さんから聞かされたもんだからさあ」

一も二もなしに、稽古をつけてもらうことにしたのだと、一気に喋《しゃべ》った。

「あたしもそうなのよ」

まだ股引を穿《は》いている途中のおいねが、あとを引き取った。おいねは治療院脇の徳兵衛《とくべえ》店《だな》の住人で、左官職人の女房だった。

「長屋の木戸を出たところで、太郎さんと行き会ってさあ」

肩凝りを元から治したいなら、娘が始める筋伸ばしを試してみたらと勧められていた。

「あんたらは、どうして稽古着を着る気になったのさ」

最年長のおとみは、残る四人に問うた。

「あたしは亭主の鍼《はり》治療に来てくれた染谷先生に、肩凝りに効く膏薬《こうやく》はありませんかと訊《き》いたのさ」

最初に答えたのは桶屋《おけや》の女房、おしまだった。仕上がりのよさが評判の桶屋ゆえ、桶職人の亭主は仕事に追われて肩に重い痛みを抱えていた。

染谷の往診治療には、娘のいまりも同行していた。

「あたしも肩凝りがひどいんですけど」

おしまはきまりわるそうな表情になって、先を続けた。

「先生の前ですが尖《とが》った物が怖いもので、鍼が大の苦手なんです」

なにか膏薬がないかと訊ねたとき、染谷はいまりに説明の口を促した。

格好なる父の計らいに感謝しながら、いまりは話し始めた。

「師走に入ったら、身体の筋伸ばしの稽古場を開きます」

存分に筋を伸ばせば、肩凝りも治りますと、いまりは請け合った。

亭主が肩の治療を預けている染谷の娘が、肩が軽くなりますと勧めるのだ。

稽古着と稽古代など、肩が軽くなるなら安いものだと、その場で申し込んだ。

あとの三人は青物屋のおてい、肌着屋のおせち、それに銭売りの女房おかねである。

六人全員が小商人もしくは実入りのいい職人の女房だった。

最初に稽古着購入が入り用だったし、月に四十八文の稽古代もいる。

子だくさんの裏店《うらだな》住まいの女房には、勧めるのがむずかしかった。

いま着替えている六人には、おもに太郎が稽古をしたほうがいいと勧めていた。

＊

離れの普請が進むにつれて、染谷は娘が弟子を集められるのかと案じ方を深めていた。

朝の茶飲み話で心配だと明かすと、太郎も同じことを案じていた。

「いまりが教えようとしている筋伸ばしは、五十路《いそじ》を過ぎたらかならず効きます」

鍼灸治療の達人を前にして、太郎は筋伸ばしの効能を説いた。

「あの子の言う通りに腕を回したり、身体の筋を伸ばしたりしたら……」

太郎はみずからいまりに稽古をつけてもらっていた。芸者時代は連日舞の稽古で、全身を動かし続けていた。そんな太郎がいまは、あの折とは比較にならぬ簡単な動きをしただけで、身体の各所に効き目があることを実感していた。

「あの稽古、凄《すご》い効き目があります」

太郎が確かな物言いで、効き目を請け合った。それを聞いた染谷も得心したようだ。

「弟子集めには力を貸してやってくれ」

「もとより、そのつもりです」

太郎はすでに弟子集めの算段思案を始めていた。染谷の思案に従い、懐工合にゆとりのある年配女人に狙いをつけて。

その結果、六人が稽古を受けたいと申し出た。肌着屋のおせちは、格別に腕・腰・背中に不具合はなかったのだが、

「近々、肌着と股引を欲しがる女の客が、何人も生ずることになるから」

すでに五人から、稽古に加わりたいとの申出を得ていた太郎は、あらかじめ肌着屋のおせちにこれを告げたのだ。

不意に厚手の木綿肌着だの、小豆色の股引だのを欲しがられても、数が揃わなくなるのを案じたがゆえである。

「どうしてそんな肌着と股引を……いまの話だと、あたしと同年配のひとたちが」

腑《ふ》に落ちないおせちは、太郎に子細を質した。おせちの亭主は、染谷の鍼灸治療の患者である。亭主は治療を受けるたび、染谷は名医だと正味《しょうみ》の物言いで絶賛していた。

さらに太郎の前身が辰巳《たつみ》芸者であることも、おせちは承知していた。

ひとに迷惑をかけない。

「恥ずかしいことはしない」が、辰巳芸者の信条であることも、おせちは知っていた。

肌着を用意する理由が娘のいまりにあることを、太郎は正直に話した。

「おせちさんにはまだ早いだろうけど、五十路を過ぎると身体の方々が硬くなって動くのがつらくなるものなのよ」

つらくなる前に筋を伸ばしておけば、自分でも驚くほどに身体が軟らかくなると、太郎はわが身で試したと明かした。

「娘が始めるのは、その身体の筋伸ばしの稽古場なのよ」

肌着と股引は、稽古着だと言い添えた。

聞き終わるなり、おせちの方から稽古に加わりたいと申し出た。

「まだ教わる人数に空きはありますよね」

「あなたで丁度、六人になります」

太郎が言うと、おせちはすぐさま稽古着を整え始めていた。

*

「いまから来年の三月まで、音を上げずに稽古を続けられたらさあ」

脱衣籠《かご》の衣類を畳み直しながら、おとみが声を張った。

「かならずあたしの腕が、痛みなしで上がるようになるそうだから」

おとみは自分に言い聞かせるかのように、さらに声を張った。

「あたしゃあ、途中で止めたりしないよ」

おとみが言い切ると、何人もがうなずきで応じた。

永代寺が撞き始めた四ツの捨て鐘が、すっかり着替えの済んだ四畳半に流れ込んできた。

三

娘の稽古始めである四ツ（午前十時）が近くなるにつれて、あろうことか、あの太郎が落ち着きを失いかけていた。

染谷もいまりもすでに、治療院と稽古場に出ていた。居間には太郎ひとりだけだ。

備長炭がいけられた火鉢の五徳には、南部鉄の分厚い鉄瓶が載っていた。湯が沸くまでには手間がかかるが、ひとたび沸いたあとは冷めにくい優れモノだ。

しかもこの鉄瓶の湯は美味《うま》さが違った。

五十路を迎えた元日から使っており、すでに十年を過ぎていた。

気落ち気味のときの太郎は、鉄瓶いっぱいに水をいれて火鉢の五徳に載せてきた。

煮えたぎった湯は威勢のいい湯気を噴き出してくれる。その威勢のよさを借りて、沈んでいた自分の気持ちを奮い立たせてきた。

今朝は気落ちしているわけではなかった。娘が師匠となっての初稽古を案ずるあまり、気が落ち着かないのだ。ゆえに鉄瓶を煮えたぎらせて、いつも通り湯気の威勢を借りようとした。

ところが鉄瓶いっぱいに汲《く》み入れる水の、いっぱい加減を間違えてしまった。まさにまけまで注いだがため、湯気とともに熱湯まで噴き出してしまった。

こんなしくじりは初めてである。急ぎ五徳から鉄瓶を取り除き、飛び散った熱湯を拭き取った。

落ち着きましょう、いまは。

自分に言い聞かせた太郎は、急須に熱湯を注ぎ入れた。茶葉は熱湯でいれても美味い番茶である。

湯呑みも分厚くて大型の、番茶用だ。半分目まで注いで鉄瓶を戻した。これ以上注ぐと、熱すぎて湯呑みが持てなくなるのだ。

心ここにあらずでも、茶の注ぎ方をしくじりはしなかった。

ひと口すすり、湯呑みを両手で包んだ。息を吐くと白く濁るほどに凍えた四ツ前だ。

火の気のない稽古場は、さぞ凍えているだろうと、太郎は案じた。

「年寄りには真冬の寒さが一番の毒だから。せめて火鉢だけでも用意してあげなさい」

太郎が強く言ったことで、いまりも渋々ながら折れた。

稽古場の隅に、二台の火鉢を用意した。

「あの子が始めたことだもの、きっと巧《うま》く運びますから……」

湯呑みを両手で包んだまま、太郎はここまでのいきさつを思い返し始めていた。

＊

稽古場普請が順調に運んでいるのを、太郎は娘以上に喜んでいた。

いまりが始めようとしている、年配女たちへの身体の筋伸ばし稽古。

その大事さを太郎は、芸者時代の踊りの稽古で毎日思い知らされていた。

あの頃の太郎は、まだ三十路《みそじ》に差し掛かったばかり。いまりが弟子として集めた六人よりも、はるかに若かった。

まだ三十路ながら太郎を名乗っていたとき、わずか二日だけ稽古を休んだことがあった。

「よろしゅうお願い申し上げます」

いつも通りのあいさつをして、稽古場の板の間に立った。

トンッとかかとで板の間を踏んで、背筋を張ろうとしたら、

「だめっ！」

口三味線で稽古をつけていたおっしゃん（師匠）から、きつい声が飛んできた。

「たかだか三日前の稽古を、おまえの身体はもう忘れたのかい」

背筋が曲がっていると叱られた。しかも言葉で叱るだけでなく、立ち上がったおっしゃんは太郎の脇に並びかけた。

「足首から力が抜けているんだよ。だから背中からも抜けちまって、丸くなるんだ」

深川育ちの師匠は男言葉を吐いたあと、太郎の足首をトントンと叩《たた》いた。

力が抜けていたから軽く叩かれただけで、前のめりになった。

「身体は正直だからね」

一日稽古を休めば、身体は一日以上も前に戻る。

「休む前の身体を取り戻すには、一日以上かかるのさ」

軽い動きでいいから、稽古は毎日かならず続けなさいと、おっしゃんから言われ続けていた。

そんな昔の言葉を思い出したのも、やはり娘の稽古日初日だからだろう。

ふうっと吐息を漏らして、太郎は思い返しを続けた。

稽古場普請に励んでくれる職人には、四ツと八ツ（午後二時）の一日二度、太郎といまりが交互に茶菓を供していた。

そして居間の火鉢を囲んで、母と娘はあれこれ話を続けていた。

「染谷先生がいつも言われている……」

染谷に弟子入りすると決めた日から、いまりは父を染谷先生、もしくは先生と呼ぶように努めていた。

「未病を治すという意味を、ようやく少しながら分かってきた気がします」

身体は正直で、一日稽古をなまければ、身体はもっとなまけてしまう。

「身体になまけぐせをつけさせないのが、未病を治すことだと思います」

そのなまけぐせ退治が、これから始める稽古ですと、いまりは宣言した。

言い方こそ違っていたが、まさにあのおっしゃんが太郎に言っていたことだった。

いまりが始めようとしている未病を治す稽古は、身体の筋伸ばしである。

「ひとの身体というものは、みずからの体重に押されて……」

いまりの拳法の師、宋田兆の教えが、筋伸ばし稽古を思い立ったきっかけだった。

宋田兆は身体の重さを「体重」と表現した。

「ひとのあたまは相当に重たい。そのあたまから爪先まで、ひとは体重に押されながら生きている」

背骨には幾つもの節があると、宋田兆はいまりへの説明を続けた。

「身体を曲げたり、木の枝にぶら下がったりすることで、背骨の節と節の間がひらく」

しかし地べたを歩けば体重が背骨を押して、節の間がまた縮む。

「これを繰り返しながら、ひとは生きている」

筋を伸ばすのは、身体の縮みを引き伸ばすこと。

「縮みが消えれば寿命まで延びる。ところが身体はすぐまた縮む」

毎日の稽古で、身体の筋を引き伸ばしてやることが、一番の身体への養生だと、宋田兆は説明を結んでいた。

「宋田兆先生の教えを伝えるための稽古場を造らせてください」

いまりが頼みを口にした場には、太郎も同席していた。

宋田兆とまったく同じ考えだった染谷は、稽古場普請を認めた。

太郎も心底、娘が始めようとしていることに賛成だった。

「筋が縮んだ年寄りの身体を、存分に引っ張り伸ばしてやれば、医者いらずだ」

真顔で言ったあと、染谷は目元をゆるめて娘を見た。

「おまえの稽古が年寄りたちに行き渡ったあとは、わしの鍼灸治療は店仕舞いだ」

おどけ口調で、染谷は娘が始めようとしていることを後押ししていた。

稽古場普請が続いている間は、毎日のように母と娘はあれこれ話し込んだ。そのなかで太郎は、還暦過ぎの女だからこそ口にできる助言、忠告を娘に聞かせていた。

「年を重ねるにつれて、ひとは身勝手さを募らせるものだからね」

太郎が最初に挙げたのは、年配女は一筋縄ではいかない、繰り返し言っていても自分勝手な振舞いに及ぶということだった。

「稽古には厚着はだめときつく言っても、ほとんど効き目はないと思いなさい」

太郎は口調を強めて続けた。

「どうしても厚着してはだめなのかい？」

できれば認めたらどうかと、娘に質した。

「厚着に邪魔されて、筋の伸び方がわるくなると宋田兆先生に言われていますから」

いまりの返答を聞いた太郎は、稽古着を用意するようにと助言した。

「これしか着てはだめと、きっぱり申し渡すしかないわね」

口で言うだけではなく、稽古着を用意すること。そして家から着てくるのではなく、稽古場で着替えるようにすること。

「着替えることで気持ちが引き締まるのは、おまえも稽古場で感じていたでしょうが」

太郎の言葉に、いまりは深くうなずいた。踊りの稽古をつけてもらうときは、稽古着とも言えるひとえに着替えた。

それに袖を通すことで、稽古に臨むのだと気が引き締まった。

「それと、火の気のことだけど」

太郎は物言いの調子を変えた。押しつけに聞こえぬように、声を和らげた。

「おまえの歳では平気だろうけど」

口調は優しい太郎だが、娘を見る目に力を込めた。ここからが話の肝だった。

「還暦が近くなるにつれて、冬場の凍《こご》えをつらく感ずるものなのよ」

薄手の稽古着一枚で進める気なら、せめて稽古場には火鉢を用意するようにと諭した。

「狭い着替え部屋に火の気は駄目だけど、稽古場の隅に置く火鉢も大事ですよ」

ひと息をいれたいとき、手がかざせる火鉢は重要だと言葉を重ねた。

「それと、もうひとつ……」

太郎は袖をまくり、手首を剝《む》き出しにして話を続けた。

「ひとの身体には、首と名のついたところが三つあります」

太郎は右手で、最初に首に触れた。次に左の手首に触れてから立ち上がった。

なにごとかと、いまりは目を見開いた。娘の視線を浴びながら、太郎は着ているものの裾をめくった。冬足袋《たび》は足首までかぶさっていた。

その足首に触れてから座り直した。

「首と手首、足首の三つが、寒さよけには大事な首です」

この三つを暖かくしてやれば、身体が感じる凍えが大きく弱められると教えた。

「稽古始めに間に合うように、この三箇所にかぶせる首巻きを用意してあげれば、きっと喜ばれるわよ」

言いながら太郎は、三種類の首巻きをいまりに見せた。いずれも手製の編み物である。

「いつこんなものを……」

驚き声を発したいまりに笑いかけながら、太郎は子細を聞かせた。

「おまえがあんまりにも、火の気はだめだと言い募るものだからさ」

太郎は目元をゆるめたまま、さらに続けた。

「年寄りが寒がって稽古場から逃げ出さないように、おまえには言わずに手編みを続けたのさ」

年寄りの生徒を大事にしてねと、いまりに言い添えた。

娘の大きな瞳が潤んでいた。

＊

永代寺から流れてきた四ツの鐘で、太郎は思い返しを閉じた。

火鉢の前から立ち上がり、神棚の下に立った。富岡八幡宮《とみおかはちまんぐう》をお祀《まつ》りした神棚である。

「どうか初稽古がうまく運びますように」

太郎がお願いをしているとき、六人は稽古場へと移っていた。

四

「今日から始める筋伸ばしの稽古を、言われた通りに続けていけば」

六人の年配女を前にしたいまりも、弟子と同じ稽古着姿である。

普段と変わらぬ澄んだ声で、初稽古開始のあいさつを始めた。

「寿命がある限り、自分の二本足でどこにでも歩いて行けます」

その通りとばかりにたまご屋のおとみが、深くうなずいた。

「稽古で大事なことは、ふたつあります」

言葉を区切ったいまりは、右端の徳兵衛店住人のおいねから左端に立っている銭売り女房のおかねまでを順に見た。

真ん中のおとみは念入りに見詰めてから、話を続けた。

「ひとつはここでわたしが言った通り、手本で示した通りに稽古することです」

勝手な動きは稽古の邪魔どころか、身体に毒ですと、強く言い切った。

毒ですと断じられたのが効いたらしい。六人の口元が引き締まった。

「もうひとつは」

またいまりは言葉を区切った。これは宋田兆の教えだった。

「滑らかな話し方は聞いていて心地よいが、聞いているそばから通り抜ける」

ごつごつと立ち止まることで、相手の胸に突き刺さってくれると、宋田兆は教えた。

「教えることに滑らかさは毒だぞ、いまり」

宋田兆の教えに従い、いまりは立ち止まりを繰り返して話を続けた。

「稽古を途中で止めず、身体が喜んでいると分かるまで続けることです」

身体が喜べば、すぐに分かりますと強く言って、さらに続けた。

「いまは十日に一度の稽古から始めますが、身体のためには毎日続けるのが一番です」

いまりはまた順に見回してから、締め括《くく》りを話し始めた。

「稽古は自分の宿でもできますし、何歳で始めても身体への効き目は同じです」

言ったことが六人に染み通るまで、いまりは間を空けた。確かに染み通ったのを感じ取ったあと、あいさつを閉じた。

が、すぐには稽古に入らず、また全員を見回した。真ん中にいるおとみは、すでに身体に寒さを覚えているらしい。

板の間を踏んだ足が小刻みに震えていた。

いまりは持参した布袋から、太郎手編みの首巻き三種を取り出した。

「これらを巻いただけで、身体の温《ぬく》もり方が大きく変わります」

六人全員が首・手首・足首に巻き終わったのを見極めたいまりは、おとみに問うた。

「どうですか、まだ寒いですか」

「おったまげたよ、いまりちゃん」

おとみの正味の声で、稽古場も温もった。

いまりは背筋を伸ばして声を発した。

「それではまず、両腕をまっすぐ天井めがけて突き上げて」

稽古指示に入るなり、物言いを命令口調に変えた。これも宋田兆の教え通りだった。

六人銘々が、腕を突き上げようとしていた。ただ腕を突き上げるだけなのに、そのさまには大きな違いがあった。

腕を上げようとしたのに、痛みに襲われて途中で中断した者が三人もいた。

いまりはひとりずつ、手を添えて助けた。

桶屋のおしまと青物屋のおていは、ともに右肩に痛みを感じていた。

稽古着を用意した肌着屋のおせちは左肩が痛くて途中で腕を下ろしていた。

「いまは無理をせず、痛みの手前で下ろして構いません」

両腕上げは、肩の調子を確かめるためだと、いまりは教わっていた。

「付け根、肩をおまえの片手で優しく撫《な》でてやりながら、もう片方の手でゆるやかに上げるのを手伝えば、痛がっていた腕も必ず上げられる」

上げられたと当人が自覚すれば、おまえの言うことを素直に聞き入れると、宋田兆は稽古のコツを伝授した。

「どの稽古のときでも、おまえがまず、手本を示すことだ。これが肝だぞ、いまり」

宋田兆の教えに、初稽古に臨んだいまりは忠実に従っていた。

「あらまあ、どうしよう……」

いまりの手伝いで腕が真上に上がった三人とも、驚きの声を弾ませた。

「この何年も、腕を真《ま》っ直《す》ぐに上げられなかったのに」

まだ稽古の冒頭だというのに、六人の顔つきが変わっていた。

「腕を上げられたあとは、立ったまま身体を前に屈《かが》めます」

いまりは六人の前で、身体の向きを真横に変えた。

「あたまから順に前屈みとなり、両腕を板の間に当てます」

いまりはその実演を始めた。

あたま、首の順に前に落とし、背骨を一骨ずつ前に折り続けた。そして腰骨も前屈させたあとで、両方の手のひらをぺたりと板の間にくっつけた。

真横からいまりの実技を見ている面々から、驚嘆の吐息が漏れた。

いまりは逆の動きに入った。手のひらを板の間から剝《は》がし、腰骨・背骨・首・あたまの順に起こして直立に戻った。

真横から見るいまりの身体の動きの美しさに、六人の年配女から声にならぬ声が漏れていた。

五

いまりに見とれている分には、形の美しさに吐息を漏らしているだけでよかった。

ところが、いざ自分たちがいまりの真似《まね》をして、身体を前に傾けることになったら様子が大きく違ってきた。

「それでは両方の腕を、肩の高さで真っ直ぐ前に突き出して」

いまりは手本を示さず、言葉で指図した。

桶屋のおしま、青物屋のおてい、肌着屋のおせち、銭売りのおかねは、指図通りに両腕を肩の高さで前に突き出した。

四人とも緊張しているのか、動作は硬かった。が、腕を突き出すことはできた。

ところが、

「右の腕が上がらないわさ」

「あたしも同じだわ、おとみさん」

最年長のたまご屋のおとみより八つも年下の、徳兵衛店のおいねが顔をしかめて隣を見た。

おとみもおいねも、指図もないのに両腕を真上に上げようとしていた。ふたりとも右腕の付け根や肘に痛みを覚えたらしい。痛みが我慢できず、途中で止めた腕をだらりと垂らしていた。

六人の真ん中で号令を発していたいまりは、足音も立てずすり足で、顔をしかめたままのおとみの前へと動いた。

おとみ・おいね以外の四人は、まだ腕を突き出したままである。

「腕をおろして」

四人に腕をおろさせてから、おとみに話しかけた。

「まだ腕を上げるのではなくて」

いまりはおとみの背後に回り、両肩をふわりと摑《つか》み固定した。

「指先に力をこめて、両腕をゆっくり前に伸ばして」

おとみへの対処を脇で見ていたおいねは、見よう見まねで両腕を前に突き出した。

が、力の加減が、おいねには分からなかった。

あたしはいちいち、教わらなくてもできるから……とばかりに、おいねは右腕にも力を込めて前へならえをした。

「いたい！」

ひときわ大きな声で痛がり、右腕をまただらりと落とした。

「どうしたのさ、おいねさん」

おていが心配そうな声をかけた。

「いまの通りにすれば、腕は痛くならないから」

おとみに言い聞かせてから、いまりはおいねの前へと移った。

「わたしの話が終わるまでは、勝手なことをしないで」

語気を強めて、勝手な動きをしたおいねを戒めた。はるか年下のいまりに注意されたおいねは、返事の代わりに頬を膨らませた。

そんなおいねの右腕を持ち上げながら、いまりはいまさらながら宋田兆の戒めを思い出していた。

＊

「おまえがこれから稽古をつけるのは、はるかに年上の年配女ばかりだ」

いまりに心構えを説く宋田兆は、年配女の部分に力を込めた。

「この手合いは、とにかく指図されるのが嫌いで、勝手な動きをする」

話しながら宋田兆は、茶で満たされた湯呑みを手に持った。

「身体に一番適した茶の呑み方を、正しく教えようとして」

宋田兆はひとすすりずつ、四度に分けて湯呑みの茶を呑み干した。

「湯呑み半分のぬるめの茶を、一日に一度、朝餉《あさげ》のあとに限って、ひとすすりずつ、ゆっくり四度に分けて呑むようにと、呑み方を教えようとしたときでも」

カラになった湯呑みを膝元に戻して、宋田兆は話を続けた。

「男なら若い衆も年配者も、おおむねわたしの指図に従うものだが」

宋田兆はふうっと吐息を漏らしていまりを見た。

「五十路を過ぎたあたりから、女人のなかには教えた通りには従わない者がかならず出てくる」

お茶が大好きなあたしには、半分じゃあ足りないから。

朝餉のあとよりも、夕餉を済ませたあとのほうが、お茶はおいしく呑めるから。

あたしは熱い茶のほうが好きだから、もっと熱々にしたい……

幾つもの例を挙げる宋田兆を見詰めながら、いまりは胸の内で違和感を覚えていた。

宋田兆の教えには、すべて全幅の信頼をおいて従ってきたいまりだ。しかし、いま言われていることには違和感があった。

その理由は母・太郎の所作を、毎日身近で見ていたからだ。

太郎はすでに還暦を過ぎていた。まさにいま、宋田兆が手強いと言っている年代だ。

その母はしかし、たとえば医者の昭年から処方された薬剤を服用するにも、律儀すぎるほどに言いつけを守っていた。

宋田兆はいまりの表情から、違和感を抱きながら聞いていると察した。

「いま聞かせたことは、もちろん全員ではないが、その数は驚くほどに多い」

宋田兆は顔つきをいかめしくした。

「おまえが一度に教えようと考えているのが六人だとすれば」

いまりに向けた眼光が強い光を帯びた。

「言いつけに従わない者がひとりで済めば、上出来だと心得なさい」

強い口調で断じたあと、宋田兆は対処法を伝授した。

「教えるすべてにおいて、おまえが先に手本を示しなさい。口だけでは分からない者が、かならず出てくる」

宋田兆はか、な、ら、ず出てくるとの強い言い分を重ねた。

「重ねて言うが、なにをするにも、まずおまえが手本を示すことだ」

やって見せてから、相手に同じことをさせるのが大事だと、強い言い方を続けた。

「ひとによって、出来不出来が異なる。うまくできた者は、その場できちんと褒めてやることを忘れるな」

できない者には、できるようになるまで、つきっきりで教え続ける。

「ゆっくりの動作でやれば、ひとは必ずできる。それを深めれば良い」

「呑み込みがよくなかった者ほど、おのれの力で技を成し遂げたときの喜びは大きい」

「その者こそ、そなたの教えがいかに素晴らしいものかを、正味の言葉で周りに言い広めてくれよう」

できた実感を喜ぶ門弟を生み出す稽古。

「これを旨とせよ」と、宋田兆は結んだ。

＊

おいねの脇から離れたいまりは、全員の正面に戻った。

「もう一度、わたしの形を見てください」

再び横向きになったいまりは、まず両腕を肩の高さに伸ばした。そのまま、ゆっくりと前傾を始めた。

腕を床板めがけながら首を曲げ、背骨も曲げて腰を曲げた。

ここまで上体を曲げると、手のひらが床板に着いた。いまりはさらに身体を曲げて、手のひらと床板とをぴたりとくっつけた。

「まったくいまりちゃんたら……」

おとみが感嘆の声を漏らしているなかで、いまりはゆっくりと起き上がり始めた。

が、一気に上体を起こすのではない。屈めたときとは逆に、腰を起こし始めると床に着いていた手のひらが離れた。

次に背骨を起こし、首を起こした。

これで稽古の基本、前だおしと起き上りの動作が六人に示された。

宋田兆の戒めを、皆に向き直ったいまりは噛《か》み締めていた。

「これからなにをするのか、呑み込めたひとは手を挙げて」

言いながら、いまりは大きく右腕を上げた。六人全員が一斉に手を挙げた。おとみとおいねは、上げ方を気遣っていた。

早速ながら教えがふたりに染み込んでいた。

六人それぞれと目顔を交わしてから、いまりはあらためて稽古を始めた。

「それでは肩を引きながら両腕を前に伸ばします」

言葉と同時に、いまりは前へならえを示した。六人が従った。

おとみとおいねは右腕に気を払いつつ、ゆっくり腕を突き出した。

いまりは前へならえのまま、全員の形ができていることを確かめた。問題なしと見ると、次の動作を続けながら言葉で指図した。

「まず腕を垂らし、次に首を曲げ、背中と腰の順に前に曲げ、仕舞いは手のひらを伸ばし、指の先で板の間に触ります」

形を示したあと、すぐに起き上がった。そして各自の動作に目を向けた。

各人各様の形が示されていた。

苦もなく指先が板の間に触れていたのは、おかねだけだった。

おしま・おていは苦しげな声を漏らしながらも、なんとか板の間まで五寸（約十五センチ）の位置まで曲げることができていた。

おせちには、まだ一尺（約三十センチ）の隔たりが残っていた。

しかし一尺を残していても、おとみとおいねに比べれば上出来だった。

おとみは首は曲げられたが、背中はほとんど伸びたままだった。

おいねは背中が丸くはなっていたものの、指先はひざがしらの辺りで止まっていた。

「身体を真っ直ぐに戻します」

出来ない者に無理をさせぬよう、いまりは声を張った。

真っ先に身体を起こしたのは、板の間に指先が着いていたおかねである。ほとんど曲げていられなかったおとみが首を上げる前に、おかねは敏捷《びんしょう》な動きで身体を起こしていた。

「たいしたもんだよ、あんたの動きは」

首だけ曲げたおとみは横目を使い、おかねの動作を見ていたらしい。

おとみの褒め言葉を五十八のおかねは、嬉《うれ》しそうな笑顔で受け止めていた。

宋田兆から教わった、褒めることの大事。

いまりはふたりのやり取りから、あらためて胸に刻みつけていた。

六

いまりが考えていた稽古は、一回あたり四半刻《しはんとき》（三十分）で、月に三回だった。

一回の稽古を四半刻以上に延ばしたり、月三回の回数を増やしたりしては、五十路の峠を越えた女人にはきついと考えたからだ。

長さにも回数にも、宋田兆は異を唱えなかった。

「まずはそんなところが妥当だろう」と。

初回の稽古は、ほぼ前屈だけで終わった。稽古の仕舞いで、いまりは次回の稽古内容の予告をした。

「次は足と手の筋を伸ばします」

すっきり伸ばせたあとは、歩きが軽くなりますと告げた。

五人がうなずいたとき、なんとあのおとみがそろそろと手を挙げた。問いたいことがあるときは、手を挙げるようにと、いまりは教えていた。

「なんでしょう、おとみさん」

意外さを内に抱えて、いまりは問うた。六人のなかで、一番出来のよくないのがおとみである。

そんなおとみが手を挙げるとは、考えてもみなかったのだ。

「あたしゃあ、まだまだ両手が板の間に着くところまでできちゃあいないのに」

おとみの言い分には、いまりもうなずいた。

「これじゃあまだ、先になんぞ進めたものじゃないわさ」

問いの口調は文句ではなかった。前屈ができないのをそのままにして、先には進みたくないと訴えていた。

いまりは微笑を浮かべておとみに応じた。

「たまごを籾《もみ》がらに埋めたり、籾がらから取り出したりするでしょう?」

「うちはたまご屋だからね」

深川で一番だと言わぬばかりに、おとみは胸を張って答えた。

「生みたてのたまごを、あたしゃあ毎朝、何十も籾がらに埋めてるさ」

おとみの問いは、まだ続いた。

「毎日毎日、背中を丸めているのにさあ。なんだって今日に限っては、ちっとも曲げられないんだろうかねえ」

おとみが口を閉じたところで、いまりは口を挟んだ。

「おとみさんはそのとき、立ったままではないでしょう？」

「そりゃあそうさ、いまりちゃん」

立ったままでは籾がらを詰める木箱には手が届かないからと応じた。

「そこなんです、大事なことは」

稽古と、たまごを埋める仕事との違いは、膝を伸ばしたままではなく、しゃがんでいるからと言ったあと、いまりはその場にしゃがんで見せた。

「この形では、どれほどたまごを埋めても、埋めたものを取り出しても、背中を曲げることにはなりません」

言いながらいまりは右手を背中に回し、こぶしに握ってトントンと叩いた。背中が丸まっていないのを示したのだ。

見ていた六人から、一斉にため息が漏れた。

「あんな風に右手が背中に回ってくれたら、どんなに楽だろうねえ」

おとみが言うと、五人が深くうなずいた。

話が違う方向に流れていた。急ぎ立ち上がったいまりは、おとみに目を戻した。

「今日からでも籾がら箱の前でしゃがむ前に、いまから見せるひとつのことを、かならず続けてください」

いまりに見詰められて、おとみは強いうなずきで答えた。

「ここで稽古した通りに……」

いまりは前へならえのあと、両腕をだらりと垂らした。そして首を曲げ、背中を軽く曲げた。

元に戻ったいまりは、おとみの前に立った。

「いまの形を、もう一度見せてください」

今朝の稽古で、何度も繰り返した形である。とても前傾とは言えぬまでも、おとみは腕を垂らして軽く曲げることはでき始めていた。

いまりに言われて試すと、軽く背筋を曲げるところまではできるようになっていた。

見ていた五人から吐息が漏れた。まるでできずにいたおとみを見てきた五人だった。

元の立ち姿に戻ったおとみ当人が、一番驚いていた。

「ゆっくりと繰り返すことで、身体の筋は伸びてくれますが、なまけるとすぐまた硬くなります」

少しずつでいい。毎日、かならず身体の筋を伸ばすようにといまりが告げたとき、

「お稽古、おつかれさまでした」

太郎が焙《ほう》じ茶と団子を母屋から運んできた。茶は太郎がいれたものだが、甘味は深川茶屋の団子である。

稽古場には茣蓙《ござ》が用意されていた。六人にいまりと太郎が加わり、広げた茣蓙の上で八人が車座になった。

「こんな気遣いまでしてもらって、あの謝金じゃあ、ばちが当たっちまうよ」

おとみは太郎と同い年である。ぞんざいな物言いには心底の感謝が込められていた。

太郎のいれた焙じ茶は、団子にぴたりの甘味だった。

「まるで深川茶屋でいただいているような、おいしいお茶です」

おていの言い分に、ひときわ深くうなずいたのがおかねだった。

銭売りのおかね夫婦が売りに立つのは、黒船橋北詰である。今日はおかねの稽古日ゆえ、売りには亭主ひとりが立っていた。

昨日は夫婦で銭売りをしたあと、深川茶屋で仕事あがりの茶菓を楽しんでいた。

団子と焙じ茶の美味さには、昨日も舌鼓を打ったばかりだったのだ。

「褒めていただいて言うのもなんですが、お茶の焙じ方は、まさに熊市さんとおきぬさんから教わりましたから」

道理でとばかりに、六人が声を漏らした。

第一回の稽古以来、四半刻の稽古の後は、茣蓙の上で茶菓を楽しむのが習わしとなった。

二回目の茶菓を楽しんだあと、おとみの背中は半分近くまで曲がるようになっていた。

そのさまを見たいまりは、稽古を一段階きついものにした。

茶菓を楽しんでの帰り道、おとみがいまりにあだ名をつけた。

「鬼子《おにこ》って、どうだろうねえ」

長屋の木戸に向かう前に、おいねが手を叩いて賛成した。

「あんなに優しくてさあ。飛び切りの器量よしなのに、稽古となると鬼のようだからね」

うなずきあっているなかで、おていが節を付けて詠んだ。

「あの声で、とかげ食らうか、ほととぎす……だよねえ」

七

年が明けての初稽古、天保七（一八三六）年一月十一日は鏡開きである。

「今日は鏡開きですから」

初稽古の仕上がり時を見計らい、太郎が大鍋を稽古場に運んできた。

「突っ立ってないで、太郎さんを手伝わなくちゃあ」

おていの声で、おせちとおかねが素早く、稽古着のまま戸口に駆け寄った。

「わるいわねえ、手助けさせてしまって」

詫《わ》びながらも太郎は、ふたりに大鍋を預けた。いつもの甘味とは違い、今日の中身は鏡開きの汁粉である。

小豆と砂糖を惜しまず仕上げた、中村屋の餡《あん》を使った汁粉は、ずしりと持ち重りがした。

「おせちさん、これならあたしひとりで運ぶほうが楽だから」

毎日、何貫《かん》もの百文緡《ひゃくもんざし》を亭主と一緒に黒船橋たもとまで運んでいるおかねだ。

汁粉がたっぷり納まった大鍋でも、苦も無く火鉢まで運んだ。

いつもなら真っ先に動いたり指図をくれたりするおとみが、いまは黙り込んだままだ。

そのさまをいぶかしく感じながら、太郎は大鍋の載った火鉢の脇まで進んだ。

いまりは住まいから、火鉢をもうひとつ運び入れていた。今朝早くからいまりが金槌《かなづち》で叩き割った鏡餅を焼くための火鉢だ。

鏡開きとはその名の通り、正月の鏡餅を崩して汁粉にいれて祝うのが習わしである。

去年までは染谷・太郎・勘《かん》四《し》郎《ろう》・いまりの四人での鏡開きだった。

今年はいまりが稽古をつけている、女六人が加わるのだ。

暮れに誂《あつら》えたのは八合と五合の重ね鏡餅だった。

「お待たせしました」

膨らみと焦げ目がついた鏡餅。

くっつかぬように皿ではなく、竹ざるに並べて太郎に手渡した。

大鍋に入れると、ジュウッと音がした。その餅と汁粉を椀《わん》に注いだのは太郎である。

「みなさん、今年もどうぞよろしくのほど」

太郎が最初に差し出したのは、正月で太郎ともども六十五になったおとみだった。

「ありがとうございます」

礼を言ったおとみの声は沈んでおり、笑みもなかった。

太郎は余計な問いかけをせず、あとの五人に汁粉を給仕した。

「とってもおいしい！」

正味の声を弾ませたのは、おいねだった。

「大門《おおもん》通りの中村屋さんのあんこですから、おいしいのも道理でしょうよ」

おいねの素直な声に、あの太郎もつられたらしく、中村屋の屋号を明かした。

「なんともぜいたくなお汁粉です」

年甲斐《としがい》もない素っ頓狂な声で答えたおいねは、隣に座《ざ》したおとみに声をかけた。

「こいつあ春から……だよね、おとみさん」

まだ鎮まらない声とともに、おとみを見た。

「そうね」

なんともつれないい返事に、束の間《つかのま》、座が静まり返った。それを元に戻したのはおていとおかねだった。

「太郎さんといまり先生、まこと春からありがとうございます」

いつの間にか、いまりを先生と呼んでいた。

おていが口にした礼に続いて、おかねがピカピカに磨いた四文銭を一枚ずつ太郎といまりに差し出した。

「うちのひとが太郎さんといまり先生のために磨いた、初春の縁起物です」

受け取った太郎は手のひらに載せて、いまりとほころび顔を見交わした。

「曇らないように大事にします」

いまりの大きな瞳がおかねを見詰めた。

いつもなら先頭に立って騒いでくれるおとみなのに、このときは黙したまま汁粉の残りをすすっていた。

＊

夕餉《ゆうげ》の片付けが終わったところで、太郎といまりが染谷と向き合った。

「夕餉のあとで、聞いていただきたい大事があります」

あらかじめ太郎から言われていたことだ。染谷は相応の心構えで向き合った。

「大事というのは、いまりの稽古がらみの難儀ということか？」

「まさに、そのことです」

染谷の察しのよさを充分に承知している太郎だ。言い当てられても驚かなかった。

「難儀のもとは、だれかがものをなくしたとか、盗まれたと言っているのではないか？」

ずばり指摘されて、このときばかりはいまり同様に、太郎も顔色を失った。

「四畳半の脱衣場で脱衣籠だけでは、並の稽古場ならば早晩ことが起きるのではと危ぶんでいたが」

染谷はいまりに目を向けた。

「それにしても初春早々というのでは、いささか早すぎる」

見当を口にする染谷の口調が曇った。

「五十路、六十路《むそじ》の女人ばかりの稽古で、しかも素性の確かなひとばかりのはずだ」

染谷の両目に険しい光が宿された。

「世間に数ある稽古場ならば、いざしらず」

染谷の眼光が光を強めた。

「いったいだれに、なにが起きたのか、おまえが見聞きしたことを省かずに話しなさい」

「承知いたしました」

正座で重ねた足裏上下を入れ替えて、いまりは今日の顚末《てんまつ》を話し始めた。

＊

鏡開きの汁粉振舞いも終わり、着替えを済ませた六人は、それぞれが稽古場を出ようとした。

が、おとみは稽古場戸口で、送り出していたいまりに振り返った。

「少しだけ、話をさせてもらいたいんだけど」

いつになく、くぐもった声である。

「なかに戻りますか？」

他の五人を送り出してから、おとみに問うた。深くうなずいたおとみは、また稽古場の板の間に戻った。

大鍋を五徳《ごとく》に載せていた火鉢には、まだ炭火が残っていた。すでに片付けてあった座布団を出したいまりは、おとみに勧めた。

六十五のおとみには、真冬の板の間はきついと思えたからだ。

「ありがとうね、いゝゝゝまりちゃん」

他にひとの耳目がないのだ。おとみの物言いには遠慮がなかった。

「みんなの手前もあると思ったから、いまりちゃんに言えなかったけどさあ」

あたかも、いまりをおもんぱかっていたと言いたげな口調で、おとみは話し始めた。

「商いの仕入れガネを詰めてもってきた布袋が、稽古場でなくなったんだよ」

「どういうことですか」

いまりは思わず声を尖らせた。

「稽古着に着替えたあと、脱衣籠の底に仕舞っておいた布袋がなくなったってことさ」

呑み込みがわるいと、おとみの口調がいまりを責めていた。

「だったら、どうしてみんながいるところで、そのことを言わなかったのですか」

いまりが声を大きくしたら、おとみは呆《あき》れたというため息をついて言葉を続けた。

「そんなことしたら、おいねさんがあの場にいられなくなるじゃないか、いまりちゃん」

おとみの物言いが、いまりを咎《とが》めた。

「おいねさんが……と、言いたいんですか！」

いまりはおとみに負けぬ尖り声をぶつけた。

「わたしの籠の隣がおいねさんだし、今朝に限ってあのひとが、一番仕舞いに着替えを済ましたからね」

おいねが盗んだと、おとみは決めつけていた。そのうえで、いまりに指図をくれた。

「できごころなら、仕方ないからさ。いまりちゃんからおいねさんに上手に言って、布袋を取り返してもらいたいんだよ」

布袋が戻ればそれでいい。このことはだれにも言わないと、おとみは恩着せがましい物言いで結んだ。

「わたしがどうするかは、明日まで待ってください。その間、絶対にひとには言わないでください」

「言う気なんか、これっぱかりもないから、いまりちゃんだけに話したんじゃないかさ」

おとみはまた、いまりを責めていた。

こういう年配のひとに稽古をつけているのだと、いまりはあらためて思い知った。

おとみが稽古場から出るなり、いまりは太郎に次第を話した。

「そんなばかなことはないだろうけど、先生に相談してみましょう」

染谷を先生と呼ぶ太郎の物言いに、いまりは深い安堵《あんど》を覚えた。

＊

「おまえが稽古をつけている面々なら、おとみさんを含めて、断じてひとのものに手出しをするはずはない」

染谷はきっぱりと言い切った。その断じ方がいまりには嬉しくて、瞳が濡《ぬ》れた。

「おとみさんはかあさんと同い年で、物事のわきまえもきちんとしている」

騒がずにおまえにだけ話したのも、おとみにわきまえがあるからだと染谷は続けた。

「おとみさんには、家付きの娘がいる」

おとみの鍼灸治療を受け持っている染谷は、おとみの家族構成を分かっていた。

亭主はすでに他界しているが、ひとり娘は婿取りしてたまご屋の跡取りである。

夫との間にこどもふたりを授かっており、染谷は娘おちさをよく知っていた。

「明日の朝、おまえからたまご屋に出向き、おちささんからおとみさんの様子を聞き取ってきなさい」

おいねさんから話を訊き出すとしても、まずは布袋の話がまことなのかを確かめてからだと、いまりに指図した。

「明日の朝早くに出向きます」

父親から確かな指図を受けられたことに感謝を込めて、いまりはこうべを垂れていた。

八

一月十二日、前日の晴天が嘘《うそ》だったかと思えるような氷雨降りで夜が明けた。

染谷一家の朝餉は晴れようが降ろうが、六ツ半（午前七時）からが決まりだ。

染谷の鍼灸師としての一日は、朝餉のあとで居間に移り、太郎がいれた熱々の焙じ茶をすすることから始まる。

「いまりは出かけたのか？」

大型の湯呑みを手にした染谷が問うた。

「片付けが終わるなり、飛び出しました」

答えた太郎も強い湯気の立ち上っている、自分の湯呑みを手にしていた。

おとみのたまご屋は、朝の五ツ半（午前九時）からの四半刻が、一日のなかで一番忙しい商いである。

店が扱うたまごが、その朝の産みたてで美味なのは、深川中に知れ渡っていた。

売り切れる前に仕入れようとする一膳飯屋のあるじ、小料理屋の板前たちが、毎朝五ツの四半刻過ぎから店先に列をなしていた。

今朝のような氷雨降りなら、開店を待つ仕入れの列は短くなるだろう。が、五ツ半前から並び始めることに変わりはなかった。

一刻でも早くおちさから、いまりは話を聞きたかったのだ。

朝餉の片付けを手早く済ませるなり、いまりは宿を飛び出していた。

稽古着の作務衣《さむえ》に、長袖の綿入れを羽織り、さらに合羽《かっぱ》を着ていた。氷雨を綿入れや作務衣に染みこませぬためである。

「身体に大事なことは四つある」

染谷が常から口にしている染谷独自の養生訓を、いまりは忠実に守っていた。

「深い息遣いを怠らぬこと。血の流れを妨げぬこと。身体を冷やさぬこと。そして、後ろ向きなことを考えぬことの四つだ」

氷雨に濡れたら身体の芯から凍える。羽織っている黄色の合羽が、染み込む雨を防いでくれた。

染谷も同じ合羽を着用していた。

「雨よけのほかに、黄色い合羽にはもうひとつ利点があるでの」

目立つから、ひとが避けてくれるというのが、染谷の言い分だった。傘越しの見えにくい雨歩きでは、目立つのは確かに利点だった。

太郎が染谷に焙じ茶を供していたとき、いまりは雨装束を整えて宿を出た。

蛇の目《じゃめ》がパラパラと強い音を立てた。雨脚が強くなっていた。

玄関を出て十歩も歩かぬうちに、いまりは番傘をさした中年女に呼び止められた。

「ごめんなさい……いまり先生でしょうか？」

女は綿がしぼみ気味の、色褪《いろあ》せた綿入れを羽織っていた。番傘は男ものの大型である。

「いまりですが、あなたさまは？」

「おとみの娘のおちさです」

互いに顔は知らなかった。が、おちさは染谷の黄色い合羽姿を見知っていたことで、声をかけたのだと明かした。

「わたしはいま、おちささんに会うために、お店に出向こうとしていたところです」

いまりが事情を明かすと、おちさは番傘の内で大きな吐息を漏らした。

「あたしもいまり先生とお話がしたくて、稽古場まで……」

会えて安堵したらしい。続けて吐いた吐息が凍えにぶつかり、白く濁っていた。

＊

氷雨が幸いしたのだろう、五ツ過ぎの治療院はまだ静かだった。

ひっきりなしに押しかけてくる患者を気にすることなく、おちさは染谷といまりに話を聞かせることができた。

「おっかさんの思い込みが、日に日にひどいことになっているんです」

おとみが二十三で授かったおちさは、この正月で四十三となった。歳《とし》相応の落ち着いた物言いで、おとみの様子を聞かせ続けた。

「先生のご都合も分からずに出張ってきたのは、稽古場がからんでいたからです」

おちさが言う先生は、いまりを指していた。

「先生の稽古場でなくしたと言い張る布袋なんて、おっかさんは持ち出してもいなかったんです」

言ったあと、おちさはいまりにあたまを下げて詫びた。顔を上げたあとは、昨日のわきまえのない振舞いを、さらに詫びた。

「先生が苦心して造作してくれた脱衣籠に文句をつけたり、稽古を受けるお仲間を疑ったりするなんて……」

言葉に詰まったあと、深く息を吸い込んで話に戻った。

「このところのおっかさんは、まるでひとが違ったかのように、思い込みが激しくなってきました」

昨日の朝、おとみは確かに仕入れガネを詰めた布袋を用意していた。が、稽古着を詰める袋に入れ忘れて、箪笥《たんす》の上に置かれていた。

稽古から戻ってくるなり、おとみは娘に愚痴をこぼした。

「気の合うひとだと信じていたのに、おいねさんに布袋を盗まれたんだよ」

おちさに口を挟ませず、一気にまくしたて続けた。

「いまりちゃんだって、あともう少し、脱衣籠に気を遣ってくれたらいいのに」

おとみがひと息をついたとき、おちさはあの布袋を相手の膝元に置いた。

「おっかさんが忘れてったのよ」

娘がどう諭しても聞き入れない。

挙げ句の果てには布袋は別物だの、おいねとぐるになってあたしを騙《だま》しているだのとまで言い出した。

その夜、相談された亭主は一刻も早くいまり先生に子細を話せと妻に命じた。

「ご恩ある先生だの、大事な稽古仲間だのにひどい迷惑をかけないうちに動け」と。

氷雨のなか、おちさは稽古場に向かい、通りでいまりに出会えた。そして染谷にも、顚末を聞かせることができた。

「このところ、思い込みがひどいんです」

おちさは染谷に目を移した。

「今回はいまり先生のおかげで、おいねさんに迷惑をかける手前で止めることができましたが……」

先々が心配ですと言ったあと、おちさは顔を伏せた。

「病は病だが、いまなら鍼灸で治せる」

染谷のきっぱりとした診立《みた》てを聞いて、おちさもいまりも硬かった表情がゆるんだ。

「日に日に思い込みが激しくなっているのは、いらぬものまで蓄えようとして、脳味噌《のうみそ》が硬くなりつつあるときに生ずる」

加齢がその症状を惹起《じやつき》する一因だと、染谷は続けた。

「わしもすでに還暦を過ぎた。世間では爺《じい》さん扱いをされて当然の歳だ」

もの忘れも進んでいる。

「こども時分のことは幾らでも思い出せるが、今朝なにを食したのかを思い出すのは、難儀なこともある」

いまりには呑み込みにくいことらしい。黙って染谷の話を聞くに留《とど》まっていた。

が、四十三になったおちさは、何度もうなずきながら聞いていた。

「もの忘れがひどくなったと言われたくなくて、いらぬ記憶を溜《た》め込んだり、ひとは歳とともに『気』が乱れやすくなる」

染谷は娘を見た。いまりにもこの話は呑み込めたらしい。うなずいて、先を待っていた。

「年末年始で、さぞや多忙のきわみであっただろうに」

染谷の口調には慈しみが感じられた。

「幾つになろうとも女人は、力をを惜しまず立ち働いてくださる。身体をゆるめて気を鎮めることが大事ぞ」

染谷は目元をゆるめて、おちさを見た。

「今日はあいにく段取りが詰まっておるが」

染谷はおちさを見詰めたまま、話を続けた。

「明日にもそなたの宿を訪れて、おとみ殿に鍼灸治療を施そう」

重荷が取れれば、いまりの稽古を受けるにも熱が入るだろう……

染谷の言い分を、おちさ・いまりと一緒に氷雨も喜んだらしい。

雨音が静かになっていた。

水茎の……

一

天保《てんぽう》七（一八三六）年一月二十一日、昼前。

染谷《せんこく》の長男勘四郎《かんしろう》は、洲崎《すさき》神社境内《けいだい》の手水場《ちょうずば》脇、岩に腰を下ろしていた。

昨年七月のあと、閏《うるう》七月を挟んだことで、今年の一月はすでに春だ。

二十四節気で春の訪れをいう啓蟄《けいちつ》も、今年はつい昨日だった。暖かさを存分に含んだ陽《ひ》を顔に浴びている勘四郎は、眩《まぶ》しさに目をしばたたいた。

降り注ぐ容赦のない陽差しのせいで、勘四郎の喉が渇きを訴え始めた。

考えごとに気を集めていたことで、時の過ぎるのを忘れていたのだ。

口を湿らせる生唾《なまつば》まで失《う》せていた。

喉の渇きで我に返った勘四郎は、手水場の前へと動いた。そして湧き出る清水をひしゃくにすくい、口に含んだ。

深川はいずこの神社も、湧き出る井戸水の手水は塩辛かった。埋め立て地ゆえである。

しかし洲崎神社は清水が湧き出る水脈に、井戸がつながっていた。近在の神社参詣客《さんけい》の多くは、清水の手水を手桶《ておけ》などで持ち帰った。

いまは昼飯どきである。勘四郎が喉を湿《しめ》し始めてからわずかの間に、はや数人が列をなしていた。

井戸水を汲《く》み取り過ぎぬよう、水をすくうひしゃくは神社の紋章焼き印がされた、ただひとつのひしゃくに限られていた。

蛤町《はまぐりちょう》の住人勘四郎は、神社の氏子ではない。急ぎ水を喉に流して、ひしゃくを石の水たまりに戻した。

手水場を離れる勘四郎に、列をなした土地の住人が放つ、尖《とが》った目の矢が突き刺さった。

胸の内には大きな屈託を抱えた勘四郎だ。陽を浴びて座っていた岩に戻り、考えを進めたかった。

が、水汲みの列に近く、尻が落ち着かない気がした。境内を出たあとは、大門《おおもん》通りの中村屋に向かった。

昼が近いいまでも、まだ名物菓子のまんじゅうは残っていると考えたのだ。いまりも太郎《たろう》も、中村屋のまんじゅうは好物である。

岩に座って思案しているうちに、勘四郎は妹のいまりに相談するのが妙案に思えた。

だとすれば、善は急げだ。

今日は二十一日で、いまりの稽古日《けいこ》ゆえ、在宅は分かっていた。永代寺《えいたいじ》が正午を鐘撞《つ》きしたあとなら稽古づけを終えたいまりも、高齢のかかの弟子へのご褒美《ほうび》茶菓を用意した太郎も、のんびりできているはずだ。

「まんじゅうを四つ……」

口にした直後に「五つ」と言い直した。四《し》という音を太郎は嫌ったからだ。

五個のまんじゅうを竹皮に包んでもらい、片手に提《さ》げて家路についた。

道々、いまりへの話の切り出し方をあれこれ考えて歩いた。が、妙案は浮かばず、ありのままを話すのが一番だと思い定めた。

太郎の勘働き、察しのよさを丸ごと受け継いだいまりだ。正直が一番こそ鉄則だった。

提げている竹皮包みを左手に持ち替え、歩みを止めて深呼吸した。

降り注ぐ陽光が、地べたに短い人影を描き出していた。

＊

「じつは、いまり……」

いまりの稽古場で向き合った勘四郎は、本題を切り出そうとして息を吸い込んだ。

そんな兄を、いまりは背筋を伸ばして見詰めていた。

「今朝の稽古が始まる前に、卜斎《ぼくさい》先生からひとつのお話をいただいたんだ」

それだけ言って、勘四郎は炭火が真っ赤に熾《お》きた手焙《てあぶ》りに両手をかざした。

啓蟄《けいちつ》を過ぎたとはいえ、まだ一月だ。なんら造作のない板の間だけの稽古場は、冷え冷えとしていた。

寒がりの勘四郎は、母屋から手焙りを持ち込んでいた。

「卜斎先生の出稽古先には、平野町の雑穀問屋・大豆屋《だいず》さんがある」

屋号を知っているかと問われたいまりは、しっかりとうなずきで答えた。

大豆屋当主の葦五郎《あしごろう》は、検番《けんばん》でも名を知られた「宴席上手」だったからだ。

遊び方も金遣いもきれいで、検番でも人気の高い客のひとりだった。

「今朝の師匠の話というのは、その大豆屋さんにかかわる一件だった」

勘四郎は背筋を伸ばし、先に続く話への身構えをした。

姿勢は文句なしのいまりだったが、兄と向き合ったまま、さらに背を伸ばした。

＊

勘四郎が門弟として通っている田中《たなか》卜斎は、書道と墨絵の師匠である。

江戸でも高名な卜斎に師事できたのは、染谷の口利きがあったからだ。

畳に座したまま、墨絵を長い間描き続けるのは、今年五十五の卜斎には難儀だった。

染谷の治療先、野島《のじま》屋当主の頼みで染谷は卜斎の治療を引き受けた。

達人は達人を知るという。

初回の鍼灸《しんきゅう》治療一回だけで、卜斎は染谷におのれの身体《からだ》を預けた。いまから二年前、天保五年の秋だった。

勘四郎は元服を済ませたときから、父の技を継ぐ気が薄れていた。ひとの身体に触ることも、もぐさが燃えるにおいを嗅ぐのも苦手だった。

なにより戯作者《げさくしゃ》になりたかったからだ。染谷は勘四郎の気持ちを諒《りょう》としていた。

「書道と墨絵を習いたいのですが……」

いままで一度も頼み事をしなかった勘四郎が、染谷と向き合ってこれを言った。染谷が田中卜斎の治療を始めてから半年が過ぎた、去年春のことである。

初めて息子から頼み事をされたのだ。染谷は即日、卜斎を訪れて頼みを口にした。

「染谷先生のご子息とあれば……」

卜斎は年長者の染谷を正味《しょうみ》の物言いで、「先生」と呼んでいた。おのれの身体を預ける鍼灸師への敬いでもあった。

「素人《しろうと》同然の者をお願いする、親の不見識をお笑いくだされ」

墨絵はまこと素人だった。しかし習字の筆遣いを見た卜斎は、磨き甲斐《がい》がありそうだと判じた。

染谷はうかつにも知らなかったが、勘四郎は算盤《そろばん》と暗算を得意とした。

あの染谷が卜斎を前にして、顔を赤らめて礼を言った。

「なんの……親なればこそです」

稽古場出入りがかなったあとの勘四郎は、毎朝五ツ（午前八時）過ぎに稽古場に顔を出した。

内弟子を取らない卜斎には、暮らしの世話を受け持つ通いの女中おいそがいた。まめに働く

おいそだったが、卜斎より年上だ。

毎日早出をした勘四郎は、おいその手が行き届かない廊下、かわやの掃除を引き受けた。

「陰日向《かげひなた》のない、できすぎのお弟子です」

おいその評価を聞くまでもなく、卜斎も勘四郎を買っていた。

「明日から出稽古先に同道しなさい」

卜斎の言いつけで同行した出稽古先のひとつが、大豆屋だった。

習字稽古は当主葦五郎だ。勘四郎が調《ととの》える墨の支度を見てきた葦五郎は、始まりからその所

作を買っていた。

ある稽古の折、茶菓を賞味しながらの雑談で葦五郎から問われた。

「勘四郎さんは暗算が得手《えて》だと聞いたが」

ひと息をおいて、勘四郎は小声で答えた。

「いささか程度です」と。

葦五郎は卜斎に断ったうえで、勘四郎に暗算の手助けを頼んだ。

「今朝方、荷が入ったばかりの豆だが」

手代たちが幾度算盤を入れても、毎度答えが違っている。

「これがご名算だと思う数は出ている」

手代が読み上げるゆえ、暗算にて検算してもらいたいのだがと、勘四郎は頼まれた。すでに師匠も承知していたのだ。

「わたしで役に立ちますなら」

勘四郎の返答を受けて、葦五郎は手代を呼び寄せた。分厚い帳面を抱えて、手代ふたりが入ってきた。

「それでは早速ですが」

勘四郎の前に座した手代が、帳面の数字を読み上げ始めた。

目を閉じた勘四郎は、右手で算盤を弾《はじ》く動きをした。

「八万三千九百七十三匁《もんめ》です」

読み上げ終了と同時に、勘四郎は口にした。手代はこわばった顔を葦五郎に向けた。

「ご名算です」

手代が言い終わるなり、ふたり目が帳面を開いた。そして先の手代の五割増しの速さで、一気に読み上げ始めた。

勘四郎はいささかも慌てず、右手で暗算の算盤を弾き続けた。

「十一万とびとび三十九升《しょう》です」

「ご名算です」

答えた手代の声が震えていた。

この一件を経たあとでは、大豆屋葦五郎の勘四郎を見る目の光が違っていた。

それまで雑談の茶菓は女中が運んできていた。それがいまでは毎回、お嬢がその役を受け持っていた。

＊

「大豆屋さんは師匠に」

続きを言う前に勘四郎は、手焙りの真上でせわしなく手を擦《こす》り合わせた。その所作を見ただけで、いまりは話の先を察したようだ。

「大豆屋さんはおにいいいちゃんと」

いまりは勘四郎の目を見て、おにいちゃんと呼んだ。

「あちらさまのお嬢との縁談を、卜斎先生にたずねられたんでしょう?」

まこと図星だった。

「おれとあちらさまのお嬢との縁談を、こんなおれに、考えてみてはもらえないかと言われたそうだ」

言い当てられて気が楽になったのだろう。勘四郎は大きな息をついて、背中を丸くした。

そんな勘四郎にいまりは問いかけた。

「おにいちゃん、だれか想《おも》っているひとはいないの？」

いまりが発した問いは、勘四郎の胸に突き刺さったらしい。びくっと上体を震わせてから、いまりを見た。

「相手がどう思っているかは分からないが、おれはそのひとを想っている」

意外にも勘四郎は、きっぱりとした物言いで答えた。

「相手がどうなのかは別にして」

勘四郎が妹に向けた目には、いま口にしている言葉への覚悟のほどが宿されていた。

「おれはそのひとを好いている」

勘四郎は妹に、きっぱりと言い切った。そのあと、深く息をついた。

「お茶の支度をしてきます」

「いいよ、わざわざ茶の支度なんか」

勘四郎の口を抑えて、いまりは母屋の炊事場へと急いだ。茶の支度をしながら、思案をめぐらせたかったからだ。

自分のことはほとんど話さない勘四郎が、めずらしく「相手を好いている」と明かした。名を聞かされずとも、昭年《しょうねん》の長女・さよりだといまりは察していた。

急ぎ母屋に戻り、へっついに埋めてある種火を七輪に移して火熾しを始めた。うちわで七輪を扇ぎながら、さよりが嫁入りした年のことを思い返した。

さよりが嫁ぐ前日、昭年は仲町の小料理屋に染谷一家を招いた。昭年・染谷両方の全員が集い、明日嫁ぐさよりを送り出す夕べを催した。

親も子も、全員が幼馴染みである。

「さよりさんほどに気働きできるお嫁さんなら、婚家でも大事にされます」

太郎の締めの言葉でお開きとなった。

女将《おかみ》の許しを得て、いまりもお開きまで加わっていた。その夜、いまりは家に泊まり、太郎と遅くまで話をした。

最初は検番の話だったが、やがて明日には嫁ぐさよりと息子に太郎は話を移した。

「おまえが生まれる前から、さよりさんと勘四郎はふたりの籠を並べて日向ぼっこをしてきた仲だったからね。親の気持ちのどこかには、勘四郎と所帯をなどと考えていたけど……」

今夜の勘四郎は、どこか寂しげにしていたと言ったあと、太郎は口を閉じた。

いまりも同じ思いを抱いていたが、勘四郎にはなにも言わず、翌朝検番に帰った。

時が過ぎ、さよりは夫婦別れをして戻ってきた。翌日の四ツ（午前十時）どき、さよりが検番を訪ねてきた。

「お昼までには戻ります」

女将に断り、いまりとさよりは深川茶屋に出向いた。さよりを見ておきぬは驚いたが、余計なことは言わず、茶と団子を供したあとは寄ってこなかった。

さよりが言わぬゆえ、いまりもおきぬ同様、別れたわけを問いはしなかった。いまも続いている芸者修業の一番は「自分からは訊《き》かぬ」だった。

あのときのいまりには、三月《みつき》に一度、一泊の宿帰りが許されていた。

「大声で言うことじゃないが、さよりさんの夫婦別れは、昭年先生も弥助《やすけ》さんも哀しんではいないみたいだ」

宿帰りしてきた妹に聞かせる勘四郎も、声は明るかった。

以来、今日に至るまで、さよりと勘四郎はともに相手を憎からず思っていると、いまりはそう願いつつ兄を見てきていた。

茶の支度を調えたいまりは、兄に供した。勘四郎がひとくちすすると、口を開いた。

「そのひとって、さよりさんでしょう？」

妹を見詰め返した勘四郎は、きっぱりとしたうなずきで、そうだと答えた。

「ここからあとは、わたしに任せてもらってもいいですね？」

芸者修業で鍛えられたのは、芸事だけではなかったことを、勘四郎も分かっていた。

「そのつもりで、おまえに明かしたんだ」

兄の返事に深くうなずき、いまりは続けた。

「さよりさんが兄さんをどう思っているか、聞き出してくるから」

「ありがとう、いまり」

礼を言った勘四郎の両手は、手焙りの真上を離れて膝に置かれていた。

二

勘四郎から話を聞かされた翌日四ツ前。

いまりは深川茶屋に出向いた。さよりと落ち合うためである。

昨日、勘四郎から話を聞き終えるなり、いまりは向かいの昭年宅の勝手口をおとずれた。

「さよりさん、いますか?」

互いに勝手知ったる間柄だ。おとないの物言いに無駄な遠慮はなかった。

いまりが声を投げ入れるなり、さよりが勝手口に顔を出した。が、表情にはどこかぎこちなさが浮かんでいた。

「ごめんなさい、い、いまりさん」

なんとさよりは、いまりちゃんではなく、よそ行きのいまりさんと呼びかけてきた。

様子の違いに戸惑っていたら、さよりがあとの口を開いた。

「お客様がお見えで、話しているひまがないけれど」

さよりは間合いを詰めて、声を潜めた。

「とっても大事な話があって、ぜひともいまりちゃんに聞いてほしいのよ」

じつはわたしも……と言いたいところを、いまりは呑《の》み込んだ。

「明日の四ツどき、いまりちゃんの都合はどうかしら」

「わたしは大丈夫です」

いまりは即答した。

「だったらいまりちゃん、どこか外で会ってもらえるかしら」

「深川茶屋でどうですか？」

このやり取りで、いまりは深川茶屋に出向いていた。

四ツが店開きだ。いまりが顔を出したとき、おきぬは縁台に緋毛氈《ひもうせん》を広げていた。

「あらまあ……今朝はお稽古は休みなの？」

「ここで四ツに、さよりさんと落ち合う段取りです」

いまりの声に、永代寺が撞き始めた四ツの鐘が重なり合った。

「だったら、手早く支度を済ませなくてはね」

急ぎ緋毛氈を敷き終えて、内に引っ込んだ。

昨日の上天気とは打って変わり、空には分厚い雲が広がっていた。大横川《おおよこがわ》を渡って来る川風は、首をすくめてしまう冷たさがあった。

こんな天気の下では、おきぬが支度してくれる熱々の焙《ほう》じ茶がご馳走《ちそう》だ。

いまりの身なりは動きやすい稽古着の作務衣《さむえ》である。縁台から立ち上がると、両手を突き上げて身体に伸びをくれた。

さよりの気持ちをどう訊き出せばいいのか。

兄の想いを知ったあと、いまりはこれを思案し続けていた。が、上策と思える切り出し方には、いまだ行き着いていなかった。

身体が凝っているから妙案が浮かばないと、いまりは判じた。

存分に身体をほぐそうと考えたいまりは、もはや場所など眼中になかった。両手突き上げの伸びに留《とど》めず、縁台の前で身体を前後に動かす屈伸運動を始めた。

前屈《まえかが》みでは両の手のひらで、縁台前の三和土《たたき》にぴたりと触った。

後ろに伸ばすときは両手を腰に当てて、上体を大きく反り返らせた。

深川茶屋前を通りかかった大工は、道具箱を肩に担いだまま、いまりの屈伸動作に見とれていた。

三度目の前屈を終えたところで、さよりが駆け寄ってきた。

いまりが屈伸を止《や》めると、大工はちぇっと舌打ちをしてその場から離れた。

「ごめんなさい、お待たせしました」

さよりが詫《わ》びを言い終えたところに、おきぬが茶菓を運んできた。

「おやまあ、いらっしゃい」

さよりにひと声かけたあと、おきぬは茶菓の載った盆を縁台に置いた。そのあとで、まだ立ったままのいまりに目を移した。

「いまりちゃんの動きを初めて見たけど」

おきぬの声には感嘆の思いが満ちていた。

「よくぞあそこまで、身体が前うしろに動くものだわねえ」

声にも目にも、おきぬの心底の感嘆符が浮かんでいた。

「通りかかったお職人が残念そうな顔で立ち去ったのも、無理もないわさ」

ひとしきり褒《ほ》めてから、おきぬは急ぎ、のれんの内へと引っ込んだ。

これから始まるであろう、いまりとさよりの話の邪魔をせぬ気遣いだった。

いまりも縁台に腰をおろしたら、さよりが湯呑《ゆの》みと団子皿を盆から取り出した。

「すっかりお待たせしたようで……」

ごめんなさいと再度詫びて、茶と団子の皿をいまりの前に置いた。

「ありがとうございます」

稽古着の膝に手を載せて、いまりは礼を言った。そのあと、ふたり同時に湯呑みを手に持った。

曇天は相変わらずだ。川風もゆるくない。

いまりが両手で包み持っている湯呑みから立ち上る湯気が、川風を受けて流れた。

「わざわざ声をかけてくれたのに、昨日はごめんなさいね」

「こちらこそ、都合も訊かずに勝手口の戸を開いてしまいました」

湯呑みを持ったまま、いまりは詫びた。

互いに詫びの言葉を交わしたあと、熱々の焙じ茶に口をつけた。

「美味《おい》しいお茶だこと」

焙じ茶の美味しさを褒めてから、さよりはいまりに目を向けた。

「それでいまりちゃん……昨日のご用はなんだったの？」

まだ湯気の立つ湯呑みを手にしたまま、さよりが問うた。

「たいしたことではありません」

切り出し方をまだ思いついていなかったいまりは、早口で答えた。そして続けた。

「それよりさよりさんこそ、わたしへのお話があると言われましたが……」

どんなことなのか、聞かせてくださいと頼んだ。

「そうだったわよね」

さよりは湯呑みを茶托《ちゃたく》に戻したあと、真《ま》っ直《す》ぐにいまりを見た。

「昨日、いまりちゃんが声をかけてくれたときのお客様は、麹町《こうじまち》のお医者様からの言伝《ことづて》を運ばれてきた、お使いさんだったのよ」

あいにく父は不在で、母とふたりで向き合っていたのと早口で続けた。

言葉を区切ったさよりを見たいまりは、わけもなく胸騒ぎを覚えた。が、顔に出すまいと、丹田《たんでん》に力を込めた。

「お使いの方がお届けくださすったのは、先様からのご縁談のお申し込みだったの」

さよりの言葉の仕舞いに、川風が重なった。

いまりの首筋が凍《こご》えを覚えていた。

三

いまりは懸命に気を落ち着かせようとして、湯呑みに手を伸ばした。そしてひと口すすったところで、はっと気づいた。

祝いの言葉を言っていないことに、だ。

さよりはそのあとは黙したまま、いまりを見詰めていた。

すすった茶を口中に回し、驚きのあまりに干上がっていた口と舌とを湿した。そして湯呑みを茶托に戻してさよりを見た。

「びっくりが過ぎて、言葉が出なくなってごめんなさい」

いまりは稽古着の膝に両手を載せて話を続けた。焙じ茶のおかげで言葉を続けられた。

「縁談が」

ここでひと息を区切り、声を少し張った。

「それも麴町のお医者様からのお申し出が持ち込まれたなんて、この上ない良縁じゃないですか」

さよりを見るいまりの両目が潤《うる》んでいた。

「本当におめでとうございます」

祝いの言葉に気持ちを込めた。

しっかり受け止めたさよりもまた、両目を潤ませた。それは安堵《あんど》の潤みだった。

さよりもいまりも、娘盛りはすでに過ぎた歳《とし》だった。どちらの両親も娘に対して、早く嫁げとは一言も言わずにきていた。

が、さよりはすでに三十路《みそじ》を越えていたし、いまりも今年で三十路の大台に乗った。

さよりが二歳年長とはいえ、持ち込まれた縁談をいまりに聞かせるのには気まずさを覚えていた。

意を決めて話したとき、いまりからすぐには「おめでとう！」が出なかった。

いまりを見詰めながら、さよりは明かしたことを悔いていた。

しかし……。

いまは正味で喜んでくれているいまりが目の前にいた。

「ありがとう、いまりちゃん」

言いながら、さよりから涙がこぼれ出た。

いまりも両目を溢《あふ》れさせながら手を伸ばし、さよりの両手を摑《つか》んだ。

「本当にありがとう……」

握り返す手に、さよりは想いを込めていた。

いまりはまた焙じ茶に口をつけてから、さよりに縁談の子細を聞かせて欲しいと頼んだ。

「聞いてくれるのね」

さよりの声には、いまりに思いを聞いて貰《もら》える喜びが滲《にじ》んでいた。

＊

使者が持ち込んできたさよりの縁談相手は、武家相手の医者、奥田《おくだ》十案《じゅうあん》の嫡男《ちゃくなん》・九太郎《くたろう》だった。

十案が昭年を知ったのは薬草を納品にきた、深川仲町の薬種問屋・蓬萊屋《ほうらい》手代の話からである。

その日、納品を終えたあとの雑談で、手代は昭年に言い及んだ。

「深川にも十案先生同様に、医は仁術と心得ておられる先生がおいでです」

治療費を払えぬ患者のために、昭年と染谷は米問屋大店《おおだな》、野島屋当主と談判。

「数百両もの大金を野島屋さんが拠出されて、昭年・染谷両先生の治療費とされています」

昭年と染谷は毎年の大晦日《おおみそか》に、一年間の治療費子細を帳面として野島屋に提出している。

「昭年先生の帳面づけは、お嬢のさよりさんがになっておいでだと聞いています」

蓬萊屋の手代は野島屋の手代から、あらましを聞き込んでいた。

「野島屋さんが拠出された元金の大事を、両先生も心底、承知されておりまして……」

患者への薬代は蓬萊屋が納めた原価に、二割の手間賃を加算しただけ。

「薬剤の調合も昭年先生の指図を受けて、さよりさんがこなしておいでです」

他人を雇っているわけではない。娘の手伝いでこなしており、手間賃はこれで充分というのが昭年の言い分だった。

「深川にもお医者様は多くおいでですが、医は仁術を真正面から実践していらっしゃるのは、昭年先生と染谷先生ぐらいです」

手代の話を聞いているうちに、十案は大きく身を乗り出していた。

十案の患者の大半は、麹町在住の薄給御家人である。俸給《ほうきゅう》はせいぜい数十俵の、出仕もかなわぬ小普請組《こぶしんぐみ》配属だった。

十案も昭年同様に、医は仁術を信念とする医者だった。奥田家四代目の十案は、今年で三十三となった九太郎に嫁をと思案していた。

診察が的確で、調合する薬剤も効能よしとの評判で、縁談は幾つも持ち込まれていた。が、十案も九太郎も釣書《つりがき》を見ただけで断ってきていた。

どの縁談相手も商家の次女、三女で、麹町の医者に嫁ぐことが目的だったからだ。

麹町の医者に嫁ぎ縁戚となれば、商家に箔《はく》がつく。しかもどの縁談相手も、多額の持参金の用意ありと告げていた。

断り続けているうちに、五代目を継ぐ九太郎も三十三になっていた。

本気になって十案と内儀《ないぎ》が、息《そく》の嫁取り思案を重ねていたとき、蓬萊屋手代からさよりの話を聞かされた。去年九月のことだ。

十案みずから蓬萊屋に出向き、頭取番頭と向き合った。そして昭年一家の子細を問うた。

「息の嫁にと考えておるのだが……」

十案の実直な人柄と、薬剤調合の技量の高さを承知している番頭である。

「昭年先生も、てまえどものお得意先様にございます」

ひとを使い昭年一家の子細、わけてもさより様の様子を聞き込みしますと請け合った。

「費《つい》えは惜しまぬゆえ、抜かりのない聞き込みをお願いする」

万全の聞き込みを終えたのは今年一月の、七草過ぎだった。

蓬萊屋手代が聞かせた通り、昭年はまさしく「医は仁術」実践の医者だった。

当年三十二のさよりについて、離縁を含む来し方のすべてを聞き取った。そのうえで、

「九太郎には、さより殿以上の相手は二人とはおらぬ」

十案はさよりに逢《あ》うこともせず、麹町のかしらを呼び寄せた。

「手数をかけるが、かしらに縁談の使者を引き受けてもらいたい」

子細を聞かされたかしらは、あぐらを正座に座り直して引き受けた。

この数日前、蓬萊屋の頭取番頭は深川のかしらを使者に立てようとの思案を十案に話した。

が、その申し出を十案は断った。

「縁談が成就しなかったとき、さより殿の名が地元に漏れて取り沙汰されぬためにも、使者は深川とは地縁のない者に限る」

十案の言い分には、番頭は逆らった。

「土地のかしらはだれに限らず、口が堅いことで知られておりますが」

それを聞いても、十案も譲らなかった。

「ここはひとつ、わしが信頼している麹町のかしらに任せていただこう」

談判の末、使者は蛤町はもとより、深川とも地縁のないかしらに委ねた。

まったくの不意の来訪だったがため、昭年は高橋《たかばし》への往診で不在だった。

八ツ（午後二時）過ぎに帰宅した昭年は、内儀と娘の口から子細を聞かされた。そして使者

が持参してきた奥田十案からの封書を差し出された。

宛名は昭年となっており、当然ながら未開封だった。

医者は変事に直面しようとも、平常心を保っていられることで尊敬されてきた。

「そんな昭年さん以上に肚《はら》が据わっていて、ことが起きても動じない」と、弥助は検番の女将から評価を得ていた。

ところが弥助もあの午後ばかりは、早く開封してくださいと昭年をせっついた。

昭年は医学書や薬草解説書など、図書の読み方は早かった。

「あんたには勝てない」

早読みが得意の染谷が、昭年には一目を置いていた。

その昭年がゆっくりと、そして二度もあたまから読み返した。

封書を畳んだときには弥助は、夫のほうに上体が前のめりになっていた。

母に比べて娘のほうが、両手を膝に置いて落ち着いているようにすら見えた。

「奥田十案殿の人柄などは、ご使者から伺っているのだな？」

「麴町のご同業だと伺いました」

即答した弥助に向けた昭年の目の光は、めずらしく連れ合いを戒めていた。

「医者は医者でも、麴町の医者は格式の高さが違う」

深川とは同列ではないと言われた弥助もまた、めずらしく夫に言い返し始めた。

「住んでいる町などでは、お医者の値打ちは測れません」

弥助は昭年を見詰めて続けた。

「あなたほどの名医と肩を並べられるのは、わたしの知る限りでは染谷さんだけです」

声の調子は、涌き上がった怒りゆえか、尖りを含んでいた。が、昭年を見詰める目は逆に、哀《かな》しげに見えた。

「検番の名札を外したのも、あなたとならば……」

弥助は言葉を区切り、哀しげに昭年を見詰めた。脇にいたさよりが息を詰めたほどに、胸の内を目の光が訴えていた。

「この先も命を託して、ともに生きていくことができると、迷うことなく決められたからです」

そんなあなたから……と口を詰まらせた。が、すぐにまた、あとを続けた。

「麴町とは格が違うだなど、とてもあなたの言葉とは思えません」

ここまで言った弥助の両目から、哀しげな光が消えた。

見詰め返していた昭年が、居住《いず》まいを正して口を開いた。

「わしに医術を仕込んでくれた親仁《おやじ》様ですら、ここまで肝に突き刺さることを言ってはくださらなかった」

昭年は正座を座り直し、両手を膝に置いた。

「浅はかにも、心得違いを口にしてしもうた」

詫びの芯を汲《く》み取った弥助は、確かなうなずきで受け止めていた。

いつものふたりとは違う激しさを目の当たりにして、さよりは強い衝撃を覚えた。

母は昭年と所帯を構えるために、深川芸者の大名札「弥助」を、検番から外した。

医者から見れば格下身分である芸者と祝言を挙げることを、父は師を説き伏せて押し通した。

弥助、昭年とも、成就のためには微塵《みじん》も迷わず突き進んでいた。

欲しければ身を削るもいとわぬ決断の大事を、さよりはいま、ふたりのやり取りから思い知った。

そのさよりに、昭年が話しかけた。

「十案殿はおまえのことを」

さよりは息を止めて父を見た。

「ぜひにも嫡男氏の嫁にと、強く願っておいでだ」

昭年が言うと、弥助も深くうなずいた。

「すべて子細を承知したうえでの支度金三百両は、おまえへの深い信頼のあらわれだ」

娘を見て話している昭年が、ひと区切りをあけた。静かな息継ぎをして、さよりはあとの言葉を待った。

「わしもかあさんも、おまえの行く末に幸あれと願っている」

弥助のうなずきを確信して、昭年は続けた。

「先様はおまえを心底、望んでおいでだ」

父を見詰めるさよりの瞳が見開かれた。

「この縁談、わしは良縁だと思っている」

初めて昭年は、これを口にした。

受け止めたさよりは、母に目を移した。

弥助は迷いのないうなずきを、娘に返した。

「少しの間だけ、中座させてください」

両親の承知を得たさよりは、裏庭に出た。そして大横川の川面《かわも》に目をやった。こうすることで、さよりは何度も仕案をまとめてきていた。

さよりは、勘四郎のことを振り払うことができなかった。

夫婦別れで蛤町に帰ったあとは、互いの間合いが詰まったことをさよりも勘四郎も感じていた。

とはいえふたりの間には、深い淵《ふち》が横たわっていることもまた、ともに承知していた。

実父染谷の跡継ぎすら望まず、戯作者の道を目指そうとしている勘四郎だ。

昭年の跡継ぎを勘四郎に望むなど、見果てぬ夢に過ぎないと、言い聞かせていた。

今夜、父は初めて自分の願うところを娘に明かした。母も同じ思いだとも分かった。

もはや二度とはない良縁だとは、だれよりもさより当人が承知していた。

ところがあたまでは分かっていながら、いまもさよりはつい、庭の木戸を見ていた。

あの木戸を開いて勘四郎に入ってきてほしいと、不実な想いが脳裏に湧きあがった。

が、今夜のさよりは両手で強く頬《ほお》を叩《たた》き挟んで、妄想を追い払うことができた。

互いを尊び合う両親の固結びが、さよりの甘き妄想を根っこから引き抜いていた。

建屋に戻るさよりの足取りは確かだった。部屋で父と向きあったあと、きっぱりとした口調で答えた。

「婚家で御役に立たせていただきます」

昭年はうなずくことはせず、嫁ぐことを思い定めた娘を胸の内で諒としていた。

四

さよりがすべてを話し終えたあとで、いまりは緋毛氈に座したまま、居住《いず》まいを正した。そしていま一度、衷心《ちゅうしん》からの祝いを口にした。

「さよりさんとの日々は、どの日のことも、楽しかった思い出が詰まっています」

「わたしだって、同じです」

話を引き取ったさよりは、去年八月の大立ち回りの話を始めた。

「あのときのいまりちゃん、とっても様子がよかったのよね」

さよりが口にしたのは、大横川畔《ほとり》を歩いていた宋田兆《そうでんちょう》といまりに、渡世人ふたりが襲いかかった一件である。

「あのときの鮮やかな動きって、検番で言われてきた若手随一の立ち方とは別のいまりちゃんだったから、見とれてしまったわよ」

拳法師範の宋田兆の手は借りず、いまりはひとりでふたりの男を成敗した。

「女のわたしでも、あのときはいまりちゃんに惚《ほ》れ込んでしまいそうだった」

さよりは声を弾ませた。

思い出したいまりも、声に出して笑った。

そんないまりに、さよりは顔つきを神妙にしてつぶやきかけた。

「勘四郎さんとのことは、わたしの独り相撲《ずもう》だったのよね……」

いまりが返事できずにいると、さよりがいきなり縁台から立ち上がった。そして大きく手を振った。

通りを背にして座っていたいまりは、湯呑みを手にしたまま振り返った。

さよりの母・弥助が、深川茶屋に向かってきていた。湯呑みを盆に戻して、いまりも立ち上がり、弥助に辞儀をした。

弥助は草履を履いており、藤色の道行きを羽織っていた。

「弥助さんのお茶を……」

検番では太郎とともに、一枚札を張っていた弥助である。大先輩のために、いまりは茶菓を注文に動こうとしたら、さよりがそれを止めた。

「これから一緒に、日本橋《にほんばし》まで出かける段取りなの」

さよりが言い終わる前に、弥助が立ったままのふたりに寄ってきた。

内で見ていたおきぬが、のれんをかき分けて出てきた。

「お出かけですか？」

弥助の身なりで察したおきぬは、注文を訊こうとはしなかった。

「じつはおきぬさん」

おきぬと向き合った弥助は、声を潜めた。

「この娘《こ》に、ちょっとしたことがありまして」

これを言われただけで、おきぬは察した。

「おめでとうございます」

急ぎ茶を用意しようとしたおきぬを、弥助が止めた。

「そんな次第で、これから越後屋さんまで出向くことになりましたので」

弥助は黒船橋たもとの船宿を指さした。

「あちらさんに日本橋まで、屋根船をお願いしていますもので」

言われたおきぬは、得心顔を向けた。弥助もおきぬを見詰めて言葉を続けた。

「お茶をいただくのは日を改めて、熊市さんにもごあいさつにうかがいますので」

いまりとさよりの茶菓代として、弥助は用意していたポチ袋を差し出した。

おきぬが受け取ると、いまりは弥助に礼を言い、そして「おめでとうございます」と結んだ。

「ありがとう、いまりちゃん」

さよりが先を越してごめんなさいと、弥助は目で答えていた。

船宿までは、いまりも一緒に歩いた。そして船出を見送った。

思えば今日までさよりとは、何十回も深川茶屋でお茶と団子を一緒に楽しんでいた。そのあとは連れ立って宿に戻っていた。

黒船橋のたもとで別れたあと、ひとりで帰るのは今日が初めてだった。

急ぎ橋の真ん中まで進んだいまりは、大川《おおかわ》に向かう屋根船を見送った。

大横川は、はしけの往来が盛んだ。大川に向かう屋根船の船頭は、巧みな櫓《ろ》さばきで石垣に寄り、向かって来る大型はしけをやり過ごした。

稽古着姿のいまりは欄干《らんかん》に身体を預けて、屋根船を見続けた。

屋根船が見えなくなったとき、いまりはひとつ、思い定めることができた。

さよりさんも、兄を好いていてくれたと。それどころか、兄との間が成就しなかったのを、さよりは「自分の独り相撲だった」とまで口にしてくれた。

たとえ互いに想い合っていたとしても、気持ちを明かすときを間違えると、取り返しがつかなくなってしまう……

この哀しさをいまりは、兄より先に思い知ることになってしまった。

思案に詰まったいまりは、大横川を行き来する船を見ていた。

勘四郎に、どう話せばいいのか……

息を詰めたまま、川面を見詰めた。

丸太六本を横並びに組んだ、杉の大型いかだが大川から向かって来た。大横川と交わる運河経由で、木場《きば》に向かういかだだ。

川並《かわなみ》（いかだ乗り）三人が息を合わせて、棹《さお》でいかだの進路を定めていた。大川を目指す船が向かってくると、川並三人とも敏捷《びんしょう》に動いた。

いまりには三人が、まるでひとりのように見えた。それほどに敏捷な動きが重なり合っていたのだ。

見続けているいまりから、ため息が漏れた。

夫婦というのも、いま見ている川並のように、息がひとつに合っているのが肝腎《かんじん》だ。

さよりが進もうとする道と、勘四郎が目指す道とは、まったく重なることはない。

川並の息が合っていなければ、いかだは石垣にぶつかり、ばらばらになる。

兄とさよりさんとは、ご縁がなかったのだと川面を見詰めて、いまりはまた、ため息をついた。

息の合った二羽のカモメが、川面すれすれを飛んでいた。

五

母屋の格子戸まで半町（約五十五メートル）のところで、いまりは立ち止まった。そして小径《こみち》の端に寄って、空を見上げた。

鉛色の空は、ますます色味を濃くしていた。今にも雨粒を落とさぬばかりに雲は分厚く、そして隙間なく空に貼り付いていた。

深川茶屋から帰る道々、兄にどう話を切り出したものかと思案しながら戻ってきた。

おとみたちに稽古をつけ始めてからのいまりは、背筋を伸ばして前を見詰めて歩く姿が常となっていた。

「稽古着姿で往来を行くいまりちゃんには、こんな歳になった女のあたしでも、様子のよさに見とれてしまうわさ」

すぐ裏手の徳兵衛店《とくべえだな》に暮らすおいねは、作務衣《さむえ》姿のいまりを何度も目にしていた。

前回の稽古のあと、茶飲み話でおいねがしみじみ口調でこれを言うと、

「まったく、おいねさんの言う通りだよ」

たまご屋のおとみが、得たりとばかりに膝を打ってあとを引き取った。

「いつまでも達者でいたいからさ。きついことを言われても、言われた通りにするんだよ」

五十路《いそじ》を越えたカミさん連中が、深くうなずいたのは、つい先日だった。

口に遠慮のない面々が、正味で感心していたいまりの姿勢の良さだったのだが。

いまのいまりは背中を縮めて、鼠色《ねずみ》が濃い曇天を見上げていた。しかも宿のすぐ近くで人目もあるのに、立て続けに深い吐息を漏らしていた。

吉報を待っているに違いない勘四郎を想うと、さすがのいまりも宿を目前にして立ち止まってしまった。

できれば帰りたくなかった。

もう一度、ひときわ深い吐息を漏らしたとき、宋田兆の戒めがあたまの内で響いた。

「いやなことから、先に片付けよ」

ことあるごとに宋田兆は、これを口にした。

「目の前の難儀を片付けねば、その難儀は時とともに大きくなる」

向き合わずに先延ばししても、難儀は片付いてはくれない。それどころか……

「いま片付ければ、なんとか始末できたことが、明日には手に負えぬほどに大きくなる」

いまりがあたまの内に吊《つ》るしている、戒めの半鐘。その半鐘を師の言葉が、小槌《こづち》で打ち鳴らしてくれた。

「兄と向き合います」

きっぱりと口に出したいまりは、宿までの半町の道を、一歩ずつ踏みしめて向かった。

＊

「おう……お帰り」

居間で待っていた勘四郎は、明るい声で立ち上がって妹を迎えた。その弾んだ声を聞き、笑みすら浮かべた勘四郎を見たことで、いまりの表情がこわばった。話そうと決めて格子戸を開いた決意が、ぐらりと揺れた。

ところが。

「わるかったな、いまり。いやな役をおまえに押しつけることになって」

勘四郎は目一杯に明るい物言いをして、いまりを座らせた。そして妹と向きあう形で、勘四郎も座した。

こわばった顔で口を閉じているいまりに、勘四郎は心底の笑顔で言葉を続けた。

「道行き姿の弥助さんと、おふくろが通りでばったり行き会ったそうだ」

勘四郎はめずらしく太郎を、おふくろと砕けた物言いで呼んだ。

「弥助さんはどこか言いにくそうな物言いで、さよりさんに縁談の申し入れがあったと、教えてくれたそうだ」

明かされた太郎は思い切り顔をほころばせて、祝いの言葉を述べたと聞かせてくれた。

「おふくろから、ついさきほど」

いまりが帰宅する直前まで、勘四郎と太郎はこの居間で話をしていたらしい。

「おれがさよりさんを……」

あとを続ける前に、勘四郎はひと息をおいた。口にする言葉を考えていたのだ。

勘四郎はいまりを正面から見詰めて、あとを続けた。

「おれがさよりさんを好いていることは、弥助さんもおふくろも、察していた」

それでいて母親同士がふたりのことについて話をしていなかったのは、弥助に遠慮があったからだと太郎は勘四郎に初めて明かした。

「おにいちゃんに対して遠慮があったなんて、どういうことなの」

いまりの口調が驚きゆえか、尖っていた。

「おふくろから聞かされるまでは、おれにもわけが分からなかった」

兄は母から聞かされたことを話し始めた。

「さよりさんが昭年先生を深く敬っているのは、おまえも知っているはずだ」

いまりは黙って深くうなずいた。

「先生は重太郎《じゅうたろう》にあとを継がせたいのだろうが、先生とは違ってあいつはいま、蘭学《らんがく》を学んでいる」

それはいまりも承知していた。

「そんな先生と重太郎を間近に見ていたさよりさんが、強く願っていたのは……」

話す勘四郎の声音が、わずかに沈んだ。

「自分で先生の手伝い役を務めつつ、あとを継いでくれる者を婿に迎えたいのだと、おれには言えずにいたのかと、いま思い知った」

勘四郎から吐息が漏れた。さよりを好いていると言いながら、その実、相手が抱え持つ悩みと願いに、無頓着だったおのれを悔いて漏らした、つらい吐息だった。

「弥助さんはおれとさよりさんとが親しくしていることを、正味で喜んでくださったと思うが、娘の望みも分かっておいでだった」

染谷のあとすら、継ぐ気のない勘四郎である。ましてや昭年のあとを……など、娘はもちろん、弥助が望めるはずもなかった。

勘四郎から確かな話をせぬまま、時だけが過ぎていった。

そんななかにあって、思いもかけなかった縁談が、さよりのもとに持ち込まれてきた。

あと何歳かさよりが若ければ、縁談を断ることもあったやもしれぬ。が、さよりは勘四郎と同い年の三十二なのだ。

女人には「ときの限り」がある。

「わたし、お話をお受けします」

さよりの強い言葉に、弥助も心底、安堵を覚えた。

そうと決まればとばかりに、弥助は息も継がずに突進を始めた。

真っ先に向きあったのは昭年と、である。

「ここの治療院はあなた限りだと、呑み込みました」

跡継ぎをどうするかでさよりもさまざま、悩んできた。

「重太郎が蘭学医師となって戻ってきても、あなたの血は濃く流れています」

たとえ治療院も治療術も異なったとしても、わたしは受け入れられますと結んだ。

「さすが、かあさんだ」

昭年も心底、弥助に同意した。

次に仲町の町飛脚宿に出向いた。江戸御府内向けなら、明け六ツ（午前六時）から夜の四ツ（午後十時）まで、文書配達を受け付けた。

託したのは日本橋呉服屋あての書状だ。

「明日昼までに、娘の婚礼衣装の誂《あつら》え相談に出向きます。　蛤町弥助」

検番時代から付き合いのある店だ。これだけで、明日の用向きは通じた。

そのあと、黒船橋たもとの船宿に出向いた。ここも夜の遅い稼業だ。かれこれ五ツ半（午後九時）どきだったが、店先ではかがり火が焚《た》かれていた。

「明日の四ツ半（午前十一時）に、日本橋の往復で、八畳の屋根船を一杯、お願いします」

娘の婚礼支度に出向くのだ。ふたりには大きすぎるが、末広がり「八」の縁起を担いだ。

これだけの手配りを、弥助は町木戸が閉じられる前までに片付けた。

「佳《よ》きことは早足で進むものです」

弥助は満足顔でこれを口にしていた。

「おにいちゃんとさよりさんとは、望む道が違うんだもの」

「その通りだ、いまり」

勘四郎はいまりを見詰めてこう言い切った。

「婚礼行列は、心底の笑顔で見送るさ」

笑顔を拵《こしら》えようと気張った勘四郎だが、目は正直だ。いつになく、両目が潤んでいた。

＊

その夜、勘四郎は染谷とふたりで、診療所の椅子に座して向き合っていた。

弥助との顚末《てんまつ》を染谷はすでに、太郎から聞かされていた。が、勘四郎が話すことには、初めて耳にするという態度で聞き入った。

「さよりさんとはご縁がなかったのですが、さりとて大豆屋さんからのお申し出は」

勘四郎は父を見る目に力を込めた。

「師匠が繋《つな》いでくださった話ですが、おれはお受けすることはできません」

拒む語尾まで、きっぱりと口にした。

「それはおまえが決めることだ」

染谷が短い言葉で応じたとき、夜の曇天が雨を落とし始めた。それも強い降りだ。

屋根を叩く雨音が、強い響きを室内に落としていた。

「持ち込まれる話は、よろず引き受ける返事は易しいが、断りは難しい」

染谷は患者を診察するときと同じ静かな目で、息子を見た。患部を正しく見抜くには、気を鎮めた目が必須だった。

「断るときの態度と言葉の両方に、その人物の正味が出る」

夜の診療室で急患の診療や治療に臨むときの染谷は、百匁ロウソクの強い明かりを灯《とも》していた。

息子と向きあういまは、五十匁ロウソク一灯である。その小さな明かりが、染谷の重たき言葉を受けて、ゆらゆらとした。

「先にまず、繋いでくださった卜斎殿に、おまえの考えをお伝えしたうえで」

染谷の眼光が鋭くなったのは、五十匁ロウソク一灯だけでも、はっきりと分かった。

「おまえがみずから大豆屋さんまで出向き、ご当主にお断り申し上げなさい」

「ありがとうございます」

染谷の承諾が得られた勘四郎は、椅子から立ち上がってこうべを垂れた。

雨音が強くなり、ロウソクがまた揺れた。

六

前夜に降り始めた雨は、朝になって雨脚を強めた。

この日の勘四郎の朝餉膳《あさげぜん》には、生のたまごが供された。いまりが雨の中、おとみの店まで出向いて買い求めてきた生たまごである。

習字師匠の田中卜斎から繋がれた縁談を、断りに出向く日の朝餉だ。いまりは格別のことは兄に言わずだったが、生たまごを膳に供することで勘四郎の背中を押していた。

「高下駄でも爪先が濡《ぬ》れますからね」

雨脚の強さを案じた太郎は、足袋《たび》の替えを二足用意した。卜斎の書斎で向きあう前と、大豆屋で当主の前に招じ上げられる前の履《は》き替えだった。

羽織に合羽《かっぱ》を重ね着した勘四郎は、たもとには履き替え二足の足袋を納めて宿を出た。

師匠の宿まで一町（約百十メートル）と迫っていたときは、傘を叩く雨音がバラバラと、激しいつながり音となっていた。

勘四郎がつまりながらも、明瞭に口にした断りを、卜斎は黙したまま聞き終えた。

「縁は無理に創り出せるものではないが」

口を開いた卜斎の物言いに、屋根を打つ雨音が重なっていた。

「そなたが気に染まぬというならば、そこまでの話。ご縁がなかったのだろう」

ここまで言ったあとで、卜斎は口調を変えた。声を大きくしたわけではないが、雨音をも弾き返さぬばかりに力がこもっていた。

「もろこしの箴言《しんげん》に言われているが」

卜斎は半紙と筆、硯《すずり》を引き寄せた。そして小筆に墨を含ませると、楷書でその箴言を書き始めた。

小人は縁に気づかず。

中人は縁を活《い》かせず。

大人は袖すり合う縁も縁とする。

書き終えた半紙を、卜斎は勘四郎に差し出した。両手で受け取った勘四郎は、楷書の箴言に見入った。

「箴言に書かれたことを、そなたはいま一度しっかりと、身の内で吟味されよ」

「これを……いただけるのでしょうか」

問いかけた勘四郎の声が震えていた。

「身近に置き、ことあるたびに読み返せばよろしい」

卜斎の口調は元の静かさに戻っていた。

「この雨に濡らしたくはありませんので」

稽古場の文箱《ふばこ》に納めておき、晴れた日に持ち帰らせていただきたくと、願いを口にした。

「そなた次第だ」

卜斎の許しを得た勘四郎は、稽古場の文机《ふづくえ》上の文箱を開いた。そして納める前に、楷書で書かれた箴言の音読を始めた。

三度読み返して、意味するところをしっかり脳裏に刻みつけた。

合羽を羽織り、大豆屋に向かう道々でも、師匠から拝領した楷書の文言を一言ずつ、幾度も思い返した。

それほどに強い言葉だったのだ。

麴町からの縁談を受け入れた、さより。さよりが一度嫁いだとき、口には出さずとも激しく気落ちした。

ところがさよりは夫婦別れで戻ってきた。また縁が繋がったと喜びながらも、勘四郎はさよりへの強い思慕の念も、行く末について確かなことも言わずにいた。

結果、一度ならず二度まで、さよりと別れることになった。

いまさら愚かさを深く悔いたとて、もはや縁《えにし》は失せていた。

ふたりが結ばれる縁。これには勘四郎のみならず、さよりも気づいていたはずだと、傘を叩く雨音を聞きながら、いまも思っていた。

しかし、その縁を活かせなかった。

卜斎が繋いだ縁談を拒んだ勘四郎を、ひとことも師匠は咎《とが》めなかった。

その代わり楷書が勘四郎に、きつい自問を迫っていた。

父と昭年はふたりとも、見事に縁を活かしたことで、還暦を越えたいまでも、相手を大事に思うつがいで生きていた。

果たしておれはこの先で、まずは縁に気づくことができるのだろうか……

バラバラと傘を叩くつながり音が、自問する勘四郎を息苦しくさせていた。

＊

前もって大豆屋当主の都合を確かめての訪れではなかった。しかも午前中の商いが大きく盛り上がる四ツどき（十時）である。

「あいにく旦那様との面談をお待ちの方が、お三方いらっしゃいまして……」

早くても四半刻《しはんとき》（三十分）はお待ちいただくことになりますがと、面談を申し入れた勘四郎に、手代はこの見当を告げた。

奉公人のしつけが行き届いているのだろう。田中卜斎の供で奥に出向いてきている勘四郎の名を、話を交わしたこともない手代は承知していた。

朝からの雨だというのに、大豆屋には途切れもせずに仕入れ客の来店が続いた。

問屋大店とはいえ接客にあたる手代は、人数も限られているはずだ。勘四郎がそのひとりを引き留めていては、商談の障りとなろう。

一度店から出て、四半刻後に出直そうかと思案した。

相手の都合もきかずに、勝手に押しかけてきた勘四郎なのだ。しかも相手からの申し出に、断りを言うために。

先への日延べなど、いまの勘四郎は一切考えてはいなかった。

幸いにも大豆屋が豆を陳列している土間は百坪を超える広さがあった。

「待たせていただく間、土間の豆をみて回っていても構いませんか？」

勘四郎は手代に問うた。外歩きで暇つぶしをしようにも、雨脚が強い。土間の豆を見て回る内に、四半刻なら潰せると考えたのだ。

「もちろん結構ですが……」

手代は勘四郎の目を見て、あとを続けた。

「あいにく立て込んでおりますもので、お相手のできます手がございませんのですが」

「それはご無用です。わたしは豆の仕入れ客ではありませんから」

勘四郎の返答で、手代の顔がほぐれた。

「旦那様のご都合がつきましたら、勘四郎さんにお声がけするように、奥の者に申しつけておきますので」

それまで存分にご覧くださいと言い残して、手代は勘四郎から離れた。

店に入る手前で勘四郎は合羽を脱ぎ、存分に振って雨のしずくを振り払っていた。同時に傘も軒下で振り、傘立てに納めていた。

履き物は二寸歯の高下駄だ。雨は桐《きり》がすっかり吸い込んでおり、土間を湿らせるのではとの心配は無用だった。

大豆屋の土間は極上の三和土だ。雨は三和土には一番たちのよくない敵だった。

豆を見て回ると手代に言った勘四郎だが、豆だの雑穀だのに、気を惹《ひ》かれはしない。つまりは当主との面談までの暇つぶしなのだ。

仕入れ客が多く集まっている箇所は避けて、客も手代もいない列に足を進めた。

四八《しはち》（四尺×八尺）の陳列台がずらりと並んでいる列の台には、豆を盛り上げた木の器が何種類も載っていた。

雨音は強い。が、それでも天井の明かり取りからは、外の明るさが器を照らしていた。

雨降りゆえに、天道《てんとう》の光はない。しかし、ぼんやりした明るさゆえに、かえって豆の艶《つや》を引き出していた。

金時豆は勘四郎の好物である。豆が山盛りになった器の前に立った勘四郎は、豆の山に突き立てられた札を見た。

見るともなしに目を止めた札だ。が、札に書かれた筆文字を見るなり、慌てたかのような動きで、身体ごと器に近寄った。

豆を吟味するのではない。札に書かれた文字に惹かれて、顔を近づけた。

金時豆と、豆の種類が太字で書かれていた。その両脇には産地と豆の由緒が、小筆で書かれていた。

離れた場所に立っていた手代を、勘四郎は手招きした。

「いかがなさいましたので？」

「あの札を……」

豆の山に突き立てられている札を、勘四郎は手代に指さした。

「手に取って、見させていただいてもいいですか？」

「遠慮はご無用です」

答えた手代は札を引き抜き、勘四郎に手渡した。

短冊形の木板に、筆文字で書かれた紙が貼り付けられていた。

墨の色は濃い。札を鼻に近づけると、極上品の墨のみが放つ、香りがまだ感じられた。

筆文字は女人の筆跡である。勘四郎は、太文字にも小筆の筆跡にも、身体に震えを覚えたほどに魅せられていた。

「お客様も、この札をお好みなので？」

札を手に持ったまま、勘四郎は手代の目を見た。そして問うた。

「わたしのほかにも、この札に惹かれた方がおいでなのですか」

「大勢、いらっしゃいます」

手代は胸を張って答え始めた。

「陳列された豆の札はどれも、てまえどものお嬢の手によるものです」

勘四郎の驚き顔を見た手代は、さらに詳しい説明を始めた。

「お客様がお喜びになりますもので、お嬢は五日ごとに書き直しています」

手代はそのあとで、勘四郎が札を鼻に近づけたことに言い及んだ。

「札から香る墨がお好きだといわれるお客様も、何人もおいでなものですから」

ここまで言って、手代は勘四郎に辞儀をした。別の手代に手招きされたからだ。

「どうぞ、他の札もご覧ください」

これを言い残して、場を離れた。

手に持ったままの札に書かれた、金時豆の三文字。まさに「水茎《みずくき》の跡も麗しく……」の筆跡だった。

目立とうともせず、毎回勘四郎のもとに茶菓を運んできてくれていたお嬢。

札の文字もかくやの、水茎のあとも麗しき姿を勘四郎は思い浮かべていた。

手にした札が小刻みに震えた。そして、卜斎から拝領した半紙の楷書が目に浮かんだ。

小人は縁に気づかず。
あたまの内で半鐘が響いて、会いもせずに断りに出向いてきた勘四郎を戒めていた。

桃なれど

一

前夜来の雨は時が過ぎるにつれて、降り落ちる強さを増していた。しかも四ツ半（午前十一時）を過ぎると雨脚のみならず、風まで強くなっていた。

一月下旬の深川の風は、大半が海のある東から西へと吹いた。

大豆屋《だいず》は荷揚げの便を考えて、運河沿いに自前の桟橋を設けていた。

店を出た勘四郎《かんしろう》は運河沿いに、南に向かって歩き始めた。

田中卜斎《たなかぼくさい》宅まで戻るには、この道は遠回りだ。しかし近道を考えて東に進んだのでは、強くなった風雨と真正面から向き合うことになる。

紋付袴《はかま》の正装を考えて、勘四郎は合羽《かっぱ》を羽織っていた。が、できれば濡《ぬ》れたくはなかった。

卜斎に事情を説明したあと、勘四郎はいま一度、大豆屋に戻る心づもりをしていた。

正装を濡らさぬためには遠回りでも、運河沿いの道が上策だった。

この道の東側には、二階家ほどに背の高い蔵が並んでいた。いずれも分厚い漆喰壁《しっくい》の、本寸法の蔵である。

蔵の下を歩けば、強まった風雨から身を避けることができる。勘四郎は雨具姿の身を蔵に寄せるようにして大路へと向かった。

蔵沿いに一町半（約百六十五メートル）を進むと、蔵と蔵に挟まれた平屋のはしけ宿・岩戸《いわと》屋が立っていた。

宿前の運河には、荷揚げ用の桟橋が普請されていた。

四ツ半は荷扱いには半端な刻限らしい。三杯まで横着けできる桟橋に舫《もや》われているのは、小型のはしけが一杯だけだった。

それでも岩戸屋は店の戸すべてを開いていた。が、店先にひとの姿はなかった。

背の高い蔵から平屋に変わったことで、東から吹く雨風に威勢が戻った。勘四郎は足を急がせて岩戸屋の前を通り過ぎた。

また蔵の連なりが戻った。しかしどの蔵にも、雨除《あまよ》けのひさしは造作されていない。

それでも真下を歩くと蛇の目《じゃめ》を叩《たた》く雨音が、静かになった。

風も漆喰壁の蔵に遮られており、ひどい吹き降りから免れていた。

この道を選んでよかったと、雨のなかで勘四郎の目元がゆるんだ。

とはいえ、風雨が勢いを失っていたわけではない。連なった蔵の南端を過ぎて、道幅十六間《けん》（約二十九メートル）の大路に出たら、
バラバラバラッ。

蛇の目を叩く音も勢いを取り戻した。

風は真正面から吹きつけてきた。

卜斎の宿まで、ここから七町（約七百七十メートル）だ。運河沿いを南に歩いた分は遠回りとなったが、ここからは雨でも歩きやすい硬い地べたの一本道だ。

勘四郎の思案になかったのは、まともに東から吹きつけてきたときの、風雨の強さだった。

東西に貫かれた大路を吹き渡る風と雨は、ひときわ激しくなっていた。風雨のなかを歩きたくないのか、人の姿がない。

いつもの四ツ半なら昼餉《ひるげ》支度の買い物客が行き交う道も、傘をさして歩いているのは勘四郎だけだった。

蛇の目で前を塞ぐようにして歩く勘四郎は、大路の北側を東へと進んでいた。

「どきねえ、どきねえ！」

降りしきる雨を突き破り、車力《しゃりき》の前を行く人足の怒鳴り声が聞こえた。荷車の後詰め人足が、いまは人払いをしていた。

声を張っての人払いなど、この雨では無用だ。人足も承知だろうが、声はあとに続く車力への威勢づけだった。

大路の北側を進んでいた勘四郎にも、人払いの声は聞こえていた。

が、荷車は道の中央を進んでいるのだ。蛇の目で前を塞いで歩いていても、車にぶつかる心配はない。

人払いの声がぐんぐん近づいてきても、勘四郎は歩みを緩めなかった。

東からの風は向かい風だ。しかも雨までも、強い吹き降りである。

傘で前を塞いで、勘四郎は進んでいた。

右側から迫っていた人払いの大声が、勘四郎の真横に並んだ、その刹那《せつな》。

大路にできたわだちに、荷車の車輪が嵌《は》まった。俵の縛りが緩んでいたらしく、荷が山積みの車体が大きく右側に傾いた。

ドサッドサッ。

荷崩れした俵が、ぬかるみの道に落ちて鈍い音がした。その音に重なるように、人足が「ぎゃあああっ!!」と悲鳴を上げた。

声に驚いた勘四郎は立ち止まり、傘を上げて右を見た。

荷崩れした俵が、車の脇に移っていた人足にぶつかった。そして勢いのまま、人足にのしかかっていた。

車力は梶棒《かじぼう》を摑《つか》んだまま荷車もろとも横倒しになって、身動きできずにいた。

大路を歩くひとの姿は皆無だ。

驟雨《しゅうう》の中を、勘四郎は荷車の梶棒に駆け寄った。傘を脇に放り投げたあと、梶棒を押し上げた。

横倒しと同時に、積み荷はすべて転がり落ちていた。力自慢でもない勘四郎でも、なんとか荷車を元通りにできた。

素早く立ち上がった車力は、俵にのしかかられた人足に駆け寄った。勘四郎も続いた。

ふたりで俵を取り除いたが、人足は息苦しそうだ。あばら骨が折れたらしい。

「にいさん、すまねえが」

車力は雨に打たれながら、勘四郎に寄った。

「その先の辻《つじ》を北に進んだら、岩戸屋てえはしけ宿があるんだ」

勘四郎はうなずきで応じた。たったいま、その前を通り過ぎてきていたからだ。

「おれは砂村《すなむら》の伝八《でんぱち》で、そいつは後詰めの草太《そうた》だ」

名乗ってから先を続けた。

「おれたちは大豆屋てえ豆問屋に、豆を納めに行く途中の車力だ」

岩戸屋と伝八は仕事の付き合いがあった。

「岩戸屋の五吉《ごきち》てえ旦那に、伝八の車がひっくりけえっちまってると、そう言って助けを出してもらいてえんだ」

気が動転しているのだろう。通りかかっただけの勘四郎に、伝八はあたまも下げずに手助けを頼んだ。

勘四郎は即座に引き受けた。

拾い上げた傘を手に岩戸屋へと駆け出した。

伝八は草太の脇にしゃがみ、抱きかかえて雨に打たれていた。

駆け出したあと、ふたりが傘なしだと思い当たった勘四郎は駆け戻ってきた。

「これを使ってください」

伝八に傘を持たせた勘四郎は、合羽の前を閉じ合わせて、岩戸屋へと駆けた。

車が横転した場所から岩戸屋までは、さほどの道のりではなかった。が、全力で駆けた勘四郎には、ずぶぬれ同然と化してしまう道のりでもあった。

岩戸屋は船宿にしては小体《こてい》な、三間（約五・四メートル）間口だ。風雨が強さを増してはいたが、店の戸は先刻勘四郎が行き過ぎたときと同様に、すべて開け放たれていた。

ずぶぬれの勘四郎は、合羽のしずくも払わずに店に飛び込んだ。

岩戸屋は三和土《たたき》の土間ではなく、石畳が敷き詰められていた。今日のような雨天のなかでも荷揚げは続けられる宿だ。

はしけ宿に石畳造作は必須だった。

「ごめんください」

勘四郎の大声で出てきたのは若い者ではなく、半纏《はんてん》を羽織った当主だった。

「どちらさんで？」

傘も手にしていない勘四郎の姿に驚いた様子も見せず、普通の声で板の間に立ったまま問いかけてきた。

「砂村の伝八さんと草太さんの荷車が、直《す》ぐ先の大路で横倒しになりました」

息継ぎも惜しんで、勘四郎はこれを一気に口にした。

聞くなり、当主の五吉は内に向かって声を発した。

「伝八が往生している！」

大声と同時に、五人の男が廊下を鳴らして飛び出してきた。

指図を言う前に五吉はまた、勘四郎を見下ろしていた。

「伝八たちの様子は……」

「草太さんのあばら骨が折れたようです」

勘四郎は落ち着いた物言いで、子細を話した。言い分を聞きながら五人は石畳に下り、蓑笠《みのがさ》で身支度を調《ととの》え始めていた。

「おめえさんが引き起こした車は、車軸は傷んでおりやせんでしたかい？」

「わたしは素人ですから……」

あとを続ける口を押えて、五吉は五人に指図を与えた。

「荷車を一台と戸板一枚、蓑笠ふたつだ」

「がってんでさ」

五吉の短い指示で、五人はすべてを呑《の》み込んでいた。

伝八の車が傷んでいたら、積み荷は岩戸屋の荷車に積み替える。

車が平気だったなら、あばら骨を傷めた草太を乗せて店まで運んでくる。

雨天でも伝八と草太は雨具を着ないことを、五吉は承知していた。

「かならず蓑笠は着させろ」

言ってから、五吉は口調を変えて続けた。

「草太はあばら骨を傷めている。野郎には無理には着させるんじゃねえ」

「がってんでさ」

すっかり支度を調え終えた五人は、戸板と蓑笠を載せた荷車とともに大路へと向かった。

「礼を言うのがあとさきになりやしたが、おめえさんには世話をかけやした」

石畳に下りた五吉は、勘四郎と向き合って礼を言った。

「まずは合羽を脱いでくだせえ」

強く勧められて、勘四郎は合羽を脱いだ。黒羽《くろは》二重《ぶたえ》の紋付に仙台平《せんだいひら》の袴姿があらわになった。

その姿を見るなり、五吉は、

「おきち！」

大声で女房を呼びつけた。

急ぎ足で出てきたが、おきちは若い者のように廊下を鳴らすことはしなかった。

「こちらさんには、えれえ世話をかけた」

勘四郎が着ていた合羽の丈は長くはない。袴の裾は、雨でぐっしょり濡れていた。

「着替えを用意してくれ」

五吉は勘四郎の名も訊《き》かず、おきちに着替えの支度を言いつけた。

おきちは足袋《たび》のまま石畳に下りて、勘四郎と向きあった五吉の脇に立った。

「雨のなか、ありがとうございます」

なにも事情を聞かされてはいなかったが、おきちは礼を口にして勘四郎に目を合わせた。

「どうぞ足袋はそのままで、気になさらずにおあがりください」

勘四郎を見詰めたままのおきちの物言いは、太郎《たろう》によく似ていた。

おきちを追ってきたのか、三毛猫が石畳に飛び降りた。

二

勘四郎はおきちの案内で、内庭に面した八畳の客間に案内された。

「どうぞ、お入りください」

招き入れようとするおきちに、勘四郎は首を振って拒んだ。

「足袋も袴の裾も濡れていますので」

敷居の手前で拒んでいるところに、あとを追ってきた五吉が寄ってきた。

「客間に案内しろと言いつけた、おれのしくじりだ」

詫《わ》びた五吉は勘四郎を連れて、着替え部屋へと向かった。若い者が仕事着に着替える四畳半の板の間である。

おきちもあとについていた。そして着替え部屋に入る前の勘四郎に告げた。

「袴と黒羽二重は手早く手入れをしないと、染みになります」

おきちの言い分には五吉もうなずいた。

「ここに立っていますので、着替えたあとは、わたしに手渡してください」

勘四郎に、いらぬ遠慮を言わせぬ物言いだった。

「ありがとうございます」

おきちにあたまを下げてから、五吉と一緒に着替え部屋に入った。そして濃紺の腹掛け・股《もも》引《ひき》に着替えた。厚手木綿の仕事着は袖なしである。

勘四郎の裸足《はだし》を見ていた五吉は、文《もん》数の合った足袋も用意していた。

「足袋も半纏も使いなせえ」

股引と同じ色の半纏と足袋を勘四郎が使うのを見届けてから、五吉は先に部屋を出た。

「そろそろ、野郎どもがけえってくる」

あとをおきちに言いつけて、玄関に戻ろうとした。数歩を進んでから立ち止まり、五吉は振り返った。

「まだ、おたくさんの名もうかがってなかったが……」

「蛤町《はまぐりちょう》の勘四郎です」

部屋の内で名乗ったとき、若い者たちが帰ってきた。

「けえりやした！」

だれもいない玄関で、ひとりが声を張った。

「ごくろうだった」

大声で応じた五吉は玄関へと足を急がせた。

部屋から出てきた勘四郎は、両手で黒羽二重の長着、羽織と袴を抱え持っていた。

「いただきます」

おきちは巧みな手つきで抱え持ったまま、勘四郎を客間まで案内した。

「鏝《こて》が仕上がるまで、どうぞ、こちらで休んでいてください」

抱えた袴などを片手に持ち替えて、ふすまに手をかけて勘四郎を見た。

「袴だけでも、折り目に鏝をあてておきますから」

ふすまを開こうとしたおきちを、勘四郎はまたも拒んだ。

「わたしもこの身なりですから、玄関で手伝わせてもらいます」

おきちに軽い辞儀をして、声が飛び交っている玄関先へと進んだ。

*

戸板で運ばれてきた草太は、やはりあばら骨が二本、折れていた。

「あいにく骨接《ほねつ》ぎの宗玄《そうげん》先生は、二月末まで熱海《あたみ》に出張っておいでだ」

五吉は若い者の顔を順に見た。

「おめえたちのなかで、骨接ぎ先生に心やすいのはいねえか？」

だれも返答なしなのを見て、勘四郎が五吉の目を見た。

「わたしの父は鍼灸師《しんきゅうし》ですが、骨接ぎもできます」

腕もいいですと言い足した。

「そいつあ、ありがたい」

五吉の野太い声が調子を軽くした。

「勘四郎さんは蛤町だと聞いたが」

「そうです。川がすぐ前です」

勘四郎が言ったのを聞いて、ひとりの若い者が手を挙げた。

「もしかして、染谷《せんこく》先生のことですかい？」

「そうです、よくご存じですね」

勘四郎は若い者に目を向けた。

「おれのおまつてえおばさんが、蛤町の徳兵衛店《とくべえだな》に暮らしてやしてね」

若い者は弦太《げんた》だと名乗った。

「月に二度、染谷先生から鍼《はり》治療を受けてるんでさ」

先生のおかげで、五十七でひとり暮らしをしていても、身体《からだ》を案ずることは無用だと、弦太は勘四郎を見て続けた。

「そいつあ、まったくの奇縁だ」

話を引き取った五吉は、

「その染谷先生は、いまお宅においでですかい？」

「朝餉《あさげ》のとき、今日は薬草作りがあると言ってましたから」

終日、妹に手伝わせながら、一日、在宅のはずですと答えた。

「おめえは……」

五吉は弦太に目を移して話を続けた。

「染谷先生の宿を知ってるんだな」

「もちろんでさ」

弦太は声を張り上げた。

「おばさんちの斜め前が、先生の宿でさ」

うまい工合に、すぐ近くには栈橋もあると言って、勘四郎を見た。

「弦太さんの言い分に、間違いありません」

勘四郎が請け合ったことで、話は決まった。

「雨のなかだが、ここから蛤町までは運河続きだ」

五吉はまた弦太に目を戻した。

「おめえの腕なら、草太を乗せて走ってもわけねえだろう」

はしけ船頭の弦太である。草太を乗せた船で蛤町まで走るようにと命じた。

「わたしも一緒に行かせてください」

勘四郎が同行を願い出ると、五吉が安堵《あんど》の吐息を漏らした。

「おれもそれをお願いしてえと思っていたところでやしたが」

五吉はきまりわるげな顔で続けた。

「あんまり虫のいい頼みだと思って、言いそびれておりやした」

話がまとまり、弦太は蓑笠に着替えた。

勘四郎は岩戸屋の股引半纏の上に、蓑笠を羽織った。

「おめえは、あばらが痛むだろうからよう」

蓑笠ではなく、勘四郎の蛇の目を手にして乗ることになった。

三人が乗ったはしけを、桟橋から見送った。

岩戸屋に戻ったあと、五吉は長火鉢の前にいた。おきちが手早く支度した、月見うどんが遅い昼餉となった。

五吉は長火鉢から動かず、うどんのどんぶりは長火鉢の猫板に置いていた。

おきちは火鉢の手前で箱膳を使っていた。

「勘四郎さんの羽織に鏝をあてているとき、もしかしたらと思っていたけど」

箸を箱膳に置いて、おきちは話を続けた。

「蛤町の染谷先生といえば……」

おきちはなにか、心当たりがありそうな物言いをした。

勘四郎の黒羽二重の裏地の隅には、「辰巳《たつみ》川上」の縫い取りがされていた。

辰巳川上は、深川の辰巳芸者の黒羽織を仕立てる職人宿である。

ここの黒羽二重は、織り元が別誂《べつあつら》えをした。

「わたしも浜町《はまちょう》では、ちょっとは名を知られてはいたけれど、辰巳のあねさんたちにはとってもかなわなかった……」

辰巳川上の黒羽二重は、手を伸ばしても届かない夢の羽織だと憧《あこが》れ続けていた。

「もう一度、ここで勘四郎さんに逢《あ》えるのが、とっても待ち遠しい……」

五吉が胸の内で嫉妬の舌打ちをしたほどに、おきちの表情には艶《つや》があった。

三毛猫がまた、おきちに寄ってきた。

三

町が普請《ふしん》した桟橋に、弦太は巧みな櫓さばきで横着けした。このあたりの川は年に二度の浚渫《しゅんせつ》が進んでいて、川底まで二尋《ひろ》半（約四メートル半）の水深があった。

弦太が得意の長棹《ながざお》でも届かず、はしけを櫓で寄せた。

怪我人《けがにん》を乗せた船は、ぶつかる音すら立てずに桟橋に横着けされた。

半纏姿の勘四郎が真っ先に飛び降り、舫い綱を杭に結びつけた。

こども時分からこの桟橋で遊んでいた勘四郎は、舫い綱の結びに慣れていた。

「わたしが先に行きます」

弦太に言い置き、石段を駆け上がった。診療所の場所を弦太は知っていると承知していたからだ。

今日は二十三日。毎月十二、二十二日は薬剤作りで、朝から終日、休診日だ。

患者も承知していたが、昨日は急患が来たのだった。勘四郎は手荒に診療所の戸を開いた。

「いまり、いるか？」

いまりは奥で、薬草干しを手伝っていた。兄の差し迫った声に驚き、急ぎ立つと戸口に向かった。

「どうしたの、その格好は」

黒羽二重に仙台平の袴で出て行った勘四郎が、股引半纏でわらじ履きなのだ。

「いま急患が担ぎ込まれる。親仁様《おやじ》にそう伝えてくれ」

勘四郎が言い終わると同時に、戸板を両手に持った弦太と伝八が戸口に立った。草太には蓑《みの》がかぶせられているが、顔もあたまも濡れ放題だ。

勘四郎が脇にどき、戸板が内に入った。

「なにがあったの、兄さん」

「左の脇の肋骨《ろっこつ》が折れていると思う」

勘四郎が答えているとき、染谷が出てきた。勘四郎が口にしたことを染谷は聞いていたらしい。

まだ弦太と伝八が持ったままの戸板に近寄ると、草太の左脇に触れて触診した。骨折箇所を染谷は手のひらで撫《な》でて、骨の工合を察知した。

「立ち上がることはできるじゃろう」

「はい……」

横たわったまま、細い声で返事した。染谷の指示に従い、弦太と伝八は戸板を土間に下ろした。

戸板に近寄った染谷は中腰になり、草太に両手を差し出した。

「わしの手を摑みなさい」

草太は両手で染谷の手を握った。中腰の染谷の身体はびくとも揺るがず、草太の脇腹をいたわりつつ立たせた。

「歩いたとて、難儀はなかろう」

草太を従えて、診察椅子に向かい始めた。

様子を見ていたいまりは患者用の椅子と、染谷の椅子とを向かい合わせにした。草太と染谷が座したのを見届けてから、急ぎすすぎの支度に取りかかった。

土間にいる勘四郎、弦太、伝八の足をすすがせるためだった。

いまりが用意したぬる湯のたらいで、三人は濡れた足をすすいだ。

たとえ鍼灸院であっても、雨に打たれたままの足で上がるのは御法度である。

すすぎ終えた三人が治療室の板の間に立つと、いまりが足拭《あしふ》きの手拭《てぬぐ》いを三人に手渡した。

「とんだ手間をかけやした」

いまりと向きあった弦太は、身体をふたつに折って礼を言った。そして足を拭《ぬぐ》って濡れている手拭いを、手早く四ツに畳んだ。

汗を拭ったり棹の把手《とって》を拭いたりする手拭いの扱いに、船頭は手慣れていた。

四ツの畳み方もきれいだ。しかし弦太は、その手拭いをいまりに返そうとはしなかった。

「きちんと洗い、改めてけえしに出向きやす」

「そんな……お気遣いはご無用です」

弦太の目を見詰め、いまりは気持ちをこめてこれを言った。それでも弦太はきかなかった。

「おれのおばさんが、染谷先生の患者でやすんで」

さほど広くはない治療室だ。弦太の声は草太の触診を続けていた染谷にも聞こえた。

「あんたのおばさんはどなたかの」

触診の手を止めて染谷が問うた。

「すぐわきの徳兵衛店に暮らすおまつでさ」

「さようか」

弦太のひとことで、いまりの表情が和《なご》んだ。

「おまつさんなら、何度も話をしています」

たしか……と、いまりは先を続けた。

「はしけの船頭をしている甥御《おいご》さんがいると、毎度のようにうかがっていますが……」

それがあなたですかと、弦太を見るいまりの目が問いかけていた。

てれ笑いを浮かべた弦太が、それはあっしですと目で答えていた。

「おばさんが次の治療を受けやすときに、おれも連れ立って顔を出しやすんで」

弦太はいまりに「ご無用です」を言わせず、四ツ畳みにした濡れた手拭いを、腹掛けのどんぶり（胸元のポケット）に仕舞い込んだ。

＊

草太の治療を終えたあと、勘四郎を含む一行四人は、また岩戸屋へと戻っていた。

はしけの櫓を漕《こ》いでいるのは、いまも弦太だ。

はしけに渡された横骨に腰を下ろした草太は、勘四郎から借りた蛇の目をさしていた。

勘四郎、伝八よりも年下の若者ふたりは、真反対の表情である。

怪我人の草太は浮かぶ笑みを見せまいと、蛇の目で顔を隠していた。

櫓を漕ぐ弦太は思い詰めたような顔つきで、蓑笠を雨に打たせながら漕ぎ続けていた。

「明日を初回として一日おきにあと三回、ここまで治療に出向いてきなさい」

「がってんでさ」

あばらを傷めている患者とも思えない弾んだ声で、草太は返事をした。

「肋骨を傷めた折の治療に、頓服《とんぷく》はない」

薬湯の調剤を済ませたあとで、染谷は今後の治療についての委細に言い及んだ。

いまりは薬草部屋隅の水場で、染谷が調合した薬剤を煎じ始めていた。

「明日から三度、ここにて鍼灸治療をそなたに施すが、それは直接の肋骨治療ではない」

痛みと腫れとを抑えるための鍼灸で、骨を治すのは当人の心がけ次第だと染谷は続けた。

「わしが触診したところでは、そなたの肋骨は骨折には至っておらぬ」

治療と薬湯服用を続けて、向こうひと月は身体をいたわることだと、染谷は草太にではなく、伝八に申し渡した。

「肋骨に限らず、よろず骨折の治療で肝腎《かんじん》なるは、急がば回れじゃ」

ここで染谷は草太に目を戻した。

「そなたの身体は丈夫で、骨も太い」

ひと月、身体をいたわり続ければ、元通りに戻ると染谷は請け合った。

「急がば回れを忘れるな」

染谷の結びに合わせて、いまりが薬湯を仕上げて運んできた。信楽焼《しがらきやき》の分厚い湯呑《ゆの》みに、苦そうな濃緑色の薬湯が注がれていた。

「湯呑みの底が見えるまで、飲み干してくださいね」

いまりは丸盆に載せた湯呑みを差しだした。受け取った草太は、薬湯から漂い出るにおいをかいで顔をしかめた。

「これを全部ですか?」

いまりを見る草太の目は、半分ではだめかと頼み込んでいた。

「良薬は口に苦しです、草太さん」

いまりの物言いは凜《りん》としていたが、尖《とが》りはない。子をあやすかのように、草太さんと付け加えた。

いまりに名を呼ばれて、草太は気を昂《たか》ぶらせた。おれは男だとばかりに、湯呑みを持つなりぐいっと呑んだ。

一気呑みもかくやとばかりに、草太の湯呑みは残り四分一になっていた。

喉《のど》を滑り落ちた薬湯は苦そうな色味とは裏腹に、ほのかな甘味が感じられた。

草太を見詰めていたいまりの目元が、笑みでゆるんでいた。

「この薬なら、湯呑みの底まで呑み干せやす」

草太は残った四分一の薬湯を、ずずずっと音を立てて呑み干した。

「次からは、その薬湯は甘くはないぞ」

染谷の目元は引き締まっていた。

治療室での成り行きの思い返しを続けていた草太は、蛇の目で隠した顔がゆるんでいた。

＊

弦太が深く息を吐き出すたびに、はしけが揺れた。

降り続く雨で、運河の水面は上がっている。流れも速くなっており、少しでも気を抜くと、運河を走るいかだ・はしけ・小舟は両岸どちらかの石垣に向かって流された。

弦太は気を張って櫓を握り、はしけが横に流されるのを食い止めていた。しかし、ふっと物思いにとらわれるなり、櫓さばきから気がそれた。そして、はしけが石垣に向かうことになった。

伝八は思案を続けていて、はしけが横に流されても気づかなかった。

「向こう一ヵ月は、草太に力仕事をさせてはならぬぞ」

染谷から厳命された伝八は、その間の手伝い日雇いにあたまを痛めていたのだ。

勘四郎は若者ふたりがともに、いまりに強く気を惹《ひ》かれていることを感じていた。船頭の弦太も車力手伝いの草太も、これまでのいまりには出逢う縁のなかった仕事人たちだ。

妹もすでに三十路《みそじ》。まさに降って湧いたような出会いだったが、今日のことが縁になればいいのにと、ぼんやりと思っていた。

生まれて初めて身につけた股引半纏が、勘四郎に職人・仕事人への親しみを生み出していたのかもしれない。

ときおり、櫓さばきから気が抜けたようになる弦太を見た勘四郎は……

もしや弦太はいまりとの間に生じた、手拭いのやりとりを思い返しているのでは、と考えていた。

蛇の目で顔を隠している草太については、いまりに気があると確かな感じを抱いていた。

親仁様がこの先三度、治療に出向いてくるようにと申し渡したとき、草太がいまりを気にしながら返事をしたのを勘四郎は見ていた。

薬湯の服用を渋っていた草太に、いまりは草太さんと呼びかけた。あのひとことで、草太は一気呑みでもするかの如《ごと》くに、信楽焼の湯呑みをあおった。

あれは気を惹かれている相手の前で、いさぎよい振舞いを見せたい男の見栄《みえ》だったのが、勘四郎にも分かっていた。

弦太も草太もいまりよりも年下だろうが、気持ちの真《ま》っ直《す》ぐな男たちだ……こう思っている勘四郎は、いまりに良縁となりますようにと、胸の内で願った。

親仁様も、おふくろより年下だったと勘四郎が思い当たったとき、弦太は櫓を棹に持ち替えていた。

ここの運河は水深一尋（約一・八メートル）少々だ。棹を手にした弦太は、川底に棹を突き立てた。

桟橋では親方の女房が傘をさして、舫い綱が投げられるのを待っていた。

四

「そういうことなら……」

染谷の診断を聞き終えた五吉は長火鉢の向こうから声を発した。

火鉢の手前には伝八、草太、勘四郎が横並びに座していた。五吉は草太ではなく、伝八に目を向けた。

「先生のご指示通り、草太のあばらがくっつくまでは、うちで寝起きさせればいい」

伝八の宿は砂村で、北の十万坪《じゆうまんつぼ》寄りである。

「染谷先生の元に通うにも、うちからなら運河伝いにひと筋で通える」

居候するわけではない。身体に無理の掛からぬ賄《まかな》いの手伝いをさせると、五吉は伝八の目を見て申し渡した。

伝八にとっての岩戸屋は、一番の得意先である。その岩戸屋当主じきじきの指示だ。伝八に異存のあろうはずもなかった。

「ありがてえお話に、お礼の言いようもありやせんが……」

伝八は言いたいことも言い出せぬまま、語尾を濁した。その部分に五吉が言い及んだ。

「草太の代わりの手配りは、大門《おおもん》通りのわふくに頼めばいい」

わふくの親爺《おやじ》に、おれがそう言ったといえば片付くと五吉が請け合った。

「ありがてえこってさ」

伝八が礼を言ったことで、草太の一件は片付いた。

「お言葉に甘えさせていただきやす」

慣れないていねい語を草太がなんとか言い終えたとき、弦太が戻ってきた。桟橋に舫ったはしけに、雨除けを終えたのだ。

「おめえの部屋には、まだ空きがあるな？」

「ありやすが……」

五吉と草太を交互に見た弦太には、察しがついたらしい。

「草太を預かるんで？」

「染谷先生の許しが出るまで、住まわせてやりねえ」

五吉が言い終わる前に、草太は身体ごと弦太に向けた。

「よろしく願いやす、弦太あにい」

声を弾ませた草太を見て、弦太は黙したままうなずいていた。

段取りが決まると、弦太・草太・伝八の三人は、五吉の部屋から出ていった。入れ替わりに、茶菓を丸盆に載せて入ってきたおきちが、勘四郎の脇に座した。

長火鉢の猫板に五吉の茶菓を載せたあと、勘四郎には茶托《ちゃたく》に載った湯呑みと菓子皿を、膝元に供した。

そして茶菓を勧めたあと、五吉に代わって口を開いた。

「このたびは大層、勘四郎さんに手数をかけてしまいました。ありがとうございます」

礼から話を始めることは、五吉も承知していた。

湯呑みも手にしないまま、勘四郎も股引半纏を着させてもらっている礼で応じた。

「合羽を羽織っても、股引半纏がこれほど動きやすいとは存じませんでした」

今日一日、このまま着させてくださいと、五吉に目を向けて頼んだ。

「あんたに差し出した一式だ」

仕事着を褒《ほ》められて、五吉は声を明るくして先を続けた。

「背中の屋号が気にならねえなら、このままずっと使ってもらいたい」

一式をくれると言われて、勘四郎は慌てた。

「きちんと洗って、お返しにあがります」

これを言ってから、勘四郎はおきちに目を戻した。

「濡れた黒羽二重と袴は身につけられませんので、お借りしている仕事着のまま、一式は持ち帰ります」

どちらにありますのでと問うと、おきちは糸を抜きましたと答えた。

「紋付も袴も、辰巳川上さんのお誂えです」

すぐさま洗い張りに出さなければ、極上の一式が染みになってしまう。濡れる元となったのは、岩戸屋に向かっていた荷車横転の助けに手を貸してもらったのだから。

「断りも言わずに勝手をしましたが、洗い張りはうちが責めを負うことです」

きっぱりと言い切ったおきちには、勘四郎も異を唱えられず黙して聞いていた。

おきちは身体ごと勘四郎と向き合い、声の調子を変えた。

「無作法を承知でおたずねしますが、勘四郎さんご一家のどなたかは、辰巳検番《けんばん》とかかわりをお持ちですか？」

「はい」

勘四郎は即答し、さらに続けた。

「母は太郎を名乗っていましたし、妹も去年までは検番に名札を掲げていました」

太郎の名を耳にするなり、おきちは息を詰めた。勘四郎が言い終えたところで、ようやくおきちは止めていた息を吐き出した。

そして背筋を伸ばして口を開いた。

「あの太郎さんの、息子さんでしたか」

驚き声のまま、おきちはみずからの来し方に言い及んだ。

「わたしは浜町河岸《がし》の検番に籍を置いていました」

五吉に望まれて岩戸屋の内儀《ないぎ》となった。

「辰巳の太郎さん弥助《やすけ》さんは、浜町芸者の間でも憧れでした」

ここまであけすけに、来し方を話すおきちを見たのは、五吉も初めてだった。

「今日まで何度もおきちから辰巳芸者の話は聞かされていたが……おたくさんが、太郎さんてえひとの息子さんだったとは」

肝《きも》の据わった五吉も、さすがに驚いたらしい。音を立てて湯呑みの茶をすすった。

勘四郎もここで初めて、湯呑みの茶に口をつけた。おきちのきっぱりとした物言いにも、得心できたという目になっていた。

おきちは改めて、洗い張りに言い及んだ。

「岩戸屋で洗い張りをさせていただきますと、太郎姐《ねえ》さんにお伝えください」

「かならず申し伝えます」

答えてから勘四郎は湯呑みを戻した。

「草太までが親仁様の世話になるとは……」

「ほんに摩訶《まか》不思議なご縁ですねえ」

五吉とおきちが台詞《せりふ》を分け合った。

「ところで勘四郎さん……」

いま一度茶をすすった五吉は、湯呑みを猫板にじかに置いた。

「あれだけの身なりを拵《こしら》えていたおたくさんだが」

上体を乗り出して問うてきた。

「こうしているのは、用向きはすでに片付いたあとですかい？」

草太たちに行き会ったのは、用を済ませたあとのことだったのかと確かめた。

おきちも紋付袴ではなく、股引半纏でいいのかと案じていたらしい。勘四郎の返答が聞きたくて、相手を見詰めていた。

「先様のご都合もうかがわずに出向いたのですが、ご多忙とのことでしたので、出直しますと手代さんにお断りしての帰り道でした」

師匠に子細を話したうえで、出直し方の指示を受けますと結んだ。

「そういうことなら、洗い張りを急がせなければなりませんが」

おきちはまた、勘四郎に問いかけた。

「師匠の指図に従うとおっしゃいましたよね」

「はい」

うなずいたあと、習字の師匠ですと勘四郎は明かした。おきちと五吉なら明かしても障りはないと判じたからだ。

黙してやり取りを聞いていた五吉だったが、なにかに思い当たったらしい。

「ぶしつけなことを言うが、おたくさんの用向きの相手は大豆屋さんですかい？」

勘四郎を見詰める目が光を帯びていた。

返答を迫るかのように、雨音がいきなり強くなった。

五

岩戸屋の屋根は本瓦葺《ほんかわらぶ》きだ。並の雨では雨音を騒ぎ立てることはない。それが本瓦葺きの値打ちとされた。

今日はしかし、昼を過ぎてからの降り方は尋常ではなかった。

いっときは落ち着いた雨だったが、勘四郎たち三人が話を始めたあと、雨はまた勢いを増していた。

さすがの岩戸屋でも屋根を打つ音が響くほどの降り方だった。

屋根からの響きがいささか鎮まったのを機に、勘四郎が口を開いた。

とはいえすぐに話し始められたわけではない。今日初めて向きあったご他人さまに、軽々に話せることではなかったからだ。

「手前の用で大豆屋さんに出向いたのは、今日が初めてでした」

ただこれだけを言うのに、勘四郎は二度も言葉に詰まっていた。が、五吉もおきちも穏やかな顔で、勘四郎が続けるのを待っていた。

その様子が勘四郎の気を軽くした。

大きく深呼吸したあとは、言葉が続いて出始めていた。

「まことにてまえ勝手な用向きで、大豆屋さんのご当主にお目にかかりたかったのですが」

勘四郎が言葉を区切った。

大豆屋の当主に用ありだったと訊いて、五吉の太い眉がわずかに動いた。

大豆屋とは深い間柄の岩戸屋だ。当主の葦五郎と面談するには、相応の商いの取引が求められた。

いま目の前にいる勘四郎は、鍼灸師の長男だ。あの葦五郎がなぜ勘四郎との面談に臨むのか、そのわけが分からず、眉を動かしたのだ。

亭主の気配を感じ取ったおきちが、五吉に目を合わせた。それを受けて、五吉は表情を元に戻した。

そんなふたりに気づかぬまま、勘四郎は話に戻った。

「ご当主の都合も訊かずに出向いてしまったことで、来客が重なってしまいました」

勘四郎を見詰めているおきちが、得心顔でうなずいた。

今日はすでに月の二十三日目だ。月末の締めを控えたいまは、いずこの商家でも番頭との面談を求める客は多数いたからだ。

大豆屋が他の商家と大きく異なっていたのは番頭を陪席させながら、当主みずからが得意先と向きあうのを常としたことだ。

ここで初めておきちが口をはさんだ。

「勘四郎さんは大豆屋さんと……なにか商いをお持ちなんですか?」

「滅相《めっそう》もないことです」

勘四郎は即座に打ち消して、あとを続けた。

「いまも申しました通り、すこぶるてまえ勝手な用向きです」

五吉もおきちも、この返答に得心した。

商人なら、月の二十三日に当主との約束もなしに出向く無作法はしないと考えたのだ。

「あとでもう一度出直しますと手代さんに断ってから、とり急ぎ師匠のもとに出向こうとして大路に出たところで」

ここまで一気に言い、大きな息継ぎをした勘四郎は、さらに続けた。

「草太さんたちの難儀に出くわしました」

勘四郎は茶で口を湿《しめ》した。

そんな勘四郎を見詰めていた五吉は、あることを思い出した。猫板に載った湯呑みの茶をすすったあと、茶托に戻して背筋を張った。

「ぶしつけを承知で言うことだが」

五吉は分厚い胸を張りだしていた。

「おれと大豆屋当主とは、互いに五吉、葦五郎と名めえで呼び合う仲でね。うちが大豆屋を大事にするのも、商いの気心を互いに呑み込めていて、安心できるがゆえだ」

五吉と葦五郎は五十の同い年で、幼馴染《おさななじ》みだ。葦五郎の内儀おしのとおきちも、亭主達同様に相手を信頼していて仲がよかった。

「つい先日のことだったが、葦五郎から娘の良縁相手の心当たりができたと聞かされた」

これはおきちも初耳だったらしい。思わず身体が長火鉢に向いていた。

「大豆屋が言った良縁うんぬんとは、あんたがそうだったのか？」

問うてはいたが、五吉は確信口調だった。

「大豆屋ならふたおや共に、極上だ」

五吉が言い切るのに合わせて、おきちも勘四郎に目を合わせて深くうなずいた。

ものの道理をわきまえているはずの五吉とおきちだ。ところがいまは勘四郎が受けるか断るかも確かめずに話を続けていた。

「あんたの縁談相手は、葦五郎夫婦のひとり娘で、しおりさんという名だ。あの娘の名は、すでに聞かされているだろう？」

五吉とおきちが勘四郎を見詰めた。

「まだうかがってはおりません」

「どういうことだ、それは」

仲に立っているのはだれなんでえと、五吉は不機嫌な物言いで吐き捨てた。

「てまえの習字の師匠です」

言葉を発した勘四郎は五吉とおきちを抑えて、ここまでの次第を話した。が、大豆屋に出向いたのは断りのためだとは伏せた。

まだ大豆屋当主に申し出る前だ。軽々しいことなど、言えなかった。

仲に立ったのが師匠と分かり、五吉は長火鉢の向こうで居住まいを正した。

「軽はずみなことを言ったのは、どうか忘れてくだせえ」

「うけたまわりました」

勘四郎も背筋を伸ばして受け答えた。

ふたりが硬いやり取りを交わすそのなかに、おきちが柔らかな表情で割って入ってきた。

「大豆屋さんの庭には、桃の木が三本植えられています」

おきちは物言いまで柔らかく、と努めていた。

「勘四郎さんが大豆屋さんとのお話を、どうなさるのかは存じませんが」

部外者は立ち入れない微妙な部分に踏み込まぬよう、気遣いながら先へと進めた。

「桃の木を植えたいきさつからも、あちらさまの人柄を察していただけると存じます」

前置きのあと、おきちは子細を話し始めた。初対面の勘四郎にも、話して差し支えはない、桃の木植樹に至る子細だった。

＊

長女しおり誕生は文化十三（一八一六）年二月。葦五郎三十、おしの二十四歳。祝言を挙げてから三年が過ぎていた。

「苦しい初産をさせてしまったが、おまえが達者でなによりだ」

幸いにも産後の肥立ちもよく、五月のしおりは寝返りもうてるようになっていた。

「ご内儀を大事に思われるならば、第二子は求められぬがよろしかろうぞ」

産婆と医者との忠告もあり、夫婦仲は睦《むつ》まじいまま、葦五郎はあとの子宝は諦めていた。

「いささか遅れたが、しおりの誕生祝いに桃の木三本を、庭の運河を正面に見る場所に植えるとしよう」

「よろしき、お決めごとです」

すべてに控えめなおしのにしてはめずらしく、手を叩いて喜びを示した。

「まさかおまえが、それほどに喜ぶとは思わなかった」

いささか驚きながら、葦五郎はおしのに喜び具合のわけを質《ただ》した。

「それほどにおまえは、桃の木を植えることが嬉《うれ》しいのか」と。

「はい」

葦五郎を見詰めて答えたあと、おしのはその理由に言い及んだ。

「しおりが三歳になった桃の節句から、わたしが手習いを教えます」

「それはなによりだ」

葦五郎はおしのの言い分に、深くうなずいた。おしのの父・墨水《ぼくすい》は向島《むこうじま》で芸者衆を相手の、習字の師匠だった。

「水茎《みずくき》の跡も麗しき筆跡は、舞いにも三味線にも勝る、生涯を通じての技となる」

この考えを受け止めた芸者衆は、競い合うかのように墨水の弟子となった。

おしのは三歳の桃の節句から墨水より習字の稽古をつけられて育った。十五の桃の節句からは、墨水の師範代を務めていた。

「向島の芸者は、他所《よそ》とはひと味違う」

宴席で旦那衆が即席で吟じた俳句を、向島芸者はその場で、墨水直伝の筆で色紙に書き起こした。

これが大きな評判となり、日本橋や深川からも船を仕立てて遊びにくるまでになった。

葦五郎もそのひとりだ。二十五の夏、深川から向島に初めて出向いた。わざわざ船で向かう気になったのは、俳句を得手としていたからだ。

その夜は、十九だったおしのが座敷に同席していた。

「今夜は深川の雑穀問屋の旦那方九人が、屋形船を仕立てておいでになるんです」

全員が俳句天狗《てんぐ》で、色紙を持ち帰るのを楽しみにしているという。

「なにとぞ師範代には、座敷に詰めていてくださいまし」と懇願された。

「そなたにも、よき肝試しとなろう」

墨水の許しを得て、おしのは座敷に入った。そして師範代と紹介されて、下手に詰めた。

「ぜひにも師範代に色紙をお願いしたい」

強く乞われて、おしのは葦五郎の句を書き起こした。これが縁で二年後、ふたりは結ばれて、おしのは向島から深川に移った。

だれもが正味《しょうみ》で称えた祝言だったが、子宝に恵まれぬまま三年が過ぎた。

ようやく授かったのは女児しおりだ。

しおりが生まれて桃を植えると決めたのは葦五郎である。

しかし葦五郎は、おしのを喜ばせようとしただけだ。おしの同様に、しおりにも三歳の桃の節句から、母に稽古をつけさせようと考えたまでである。

庭に植える木に桃を選んだことには、格別に深い意味も想《おも》いもなかった。

「桃は豊かに育った実からは、ひとを惹きつける甘き香りを漂わせます」

しかし……と、おしのは口調を変えた。

「花は咲けども、香りはありません」

豊かに育つまで、花はいささかも香りを漂わせはしない。

「父から聞かされた桃の由来通りの娘に、わたしはしおりを育てます」

ぜひ桃を植えてくださいと、おしのは三つ指をついて葦五郎に頼んだ。

＊

「大豆屋さんのお嬢は、おしのさんの願っている通りに……いや、それ以上の娘さんに育っています」

長い話を結んだあと、おきちは勘四郎に問いかけた。

「勘四郎さんはしおりさんの書いた文字を見たことがありますか？」

「大豆屋さんの土間で、品物の札に書かれた文字を見ました」

勘四郎が返答したとき、雨音は止《や》んでいた。

六

岩戸屋を出る勘四郎を待っていたかのように、七ツ（午後四時）の鐘が響いてきた。

「さまざま、ありがとうございました」

ひさしの下に立った勘四郎は、五吉とおきちにこうべを垂れてあいさつをした。

いまも勘四郎は、岩戸屋の半纏と股引腹掛けの身なりである。おきちは手早く、鏝を当てた半纏を勘四郎に着せていた。

「師匠にいま一度、しっかり話を聞いていただきました末に、大豆屋さんに出向きます」

その帰り道には、かならず顔を出させていただきますと、五吉・おきちを見て告げた。

一月の七ツは、足の早い西日が傾きの支度を始める刻限だ。が、今日は雨降りである。西日は分厚い雨雲の内だった。

大きく雨脚はゆるんでいた。が、岩戸屋の広いひさしの外で蛇の目を開いたら、傘にぶつかった雨音は、まだパラパラと軽やかな音を立てた。

蛇の目を開いて、勘四郎はもう一度五吉とおきちに目を合わせた。

五吉と横並びになっていたおきちが、一歩を踏み出した。

「半纏も股引腹掛けも、まるで勘四郎さんに誂えたみたいにお似合いですから」

おきちが言うと、五吉もうなずきを見せた。

「うちの屋号を背負ってがおいやでなければ、いつまでも着てくださいな」

「ありがとうございます」

傘をさしたまま礼を言い、大路へと向かい始めた。その勘四郎を、蓑笠もつけていない弦太が追ってきた。まともにあたまにぶつかった雨が、青い月代《さかやき》を滑り落ちていた。

「草太が治療に通わせてもらう間は、あっしが舟で連れてきやす」

染谷先生によろしくお伝えくだせえと言うなり、岩戸屋に向かって駆け戻った。その後ろ姿が店に入るまで、勘四郎は見送った。

ひとことも言わなかったが、弦太は「いまりさんによろしく」と、それを言いたかったのだ。

言いたくても言えない言葉を呑み込んでいる、男の胸の内……

ただの一度も、さよりに想いを伝えられなかったおのれが、弦太の背中に重なって見えていた。

＊

訪問の許しも得ないまま、勘四郎は師匠の屋敷を訪れた。広い稽古場もある建屋だが、田中卜斎は下男も弟子も同居してはいない。

通いの賄い婆《ばあ》さんのおいそが、朝夕二食と、掃除洗濯などの世話をしていた。

小雨となったなか、勘四郎は七ツの四半刻《しはんとき》（三十分）過ぎに卜斎屋敷に行き着いた。

夕餉《ゆうげ》の支度を始めていたおいそは、居間で向きあっていたふたりに茶を供した。

湯呑みに口をつけたあと、卜斎は勘四郎の目を見詰めて問いを発した。

「先を急ぐことはない」

卜斎の声はいつも通りに嗄《か》れていた。が、力強さに満ちた小声だった。

「そなたの身なりの子細を含めて、なにひとつ省かずに聞かせなさい」

卜斎は背筋を伸ばし、両手を膝に置いて勘四郎の話を聞きとる姿勢となった。

勘四郎も背筋を張り、深呼吸をふたつくれてから子細の説明を始めた。

「本日が月の二十三日であるともわきまえず、四ツどきに大豆屋さんを訪れました」

当主が多忙で面談がかなわなかったことに言い及んでも、卜斎は表情を動かさなかった。

「出直しますと手代さんに告げて、ひとまず大豆屋さんから出ました」

運河沿いに大路まで歩き、辻を東に折れた先で、俵満載の大八車と行き合った。

「荷崩れを生じた車の俵が、手伝いの草太さんめがけて転がり落ちてしまいました」

車力の伝八の頼みで、積み荷の荷主である岩戸屋へ助けを求めに駆けた。さしていた蛇の目は、草太の雨除けとした。

「そなたは傘なしのまま、紋付袴で岩戸屋さんまで駆けたのか」

勘四郎の振舞いを、卜斎の声の調子が褒めていた。師匠の様子に励まされて、染谷の治療を受ける場面まで、一気に話を進めた。

「染谷殿の診断および治療の次第は、いかがであったのか」

子細を聞き終えた卜斎は、茶をすすった。

「大事なくてなによりであったが……」

もう一度すすって、卜斎は茶托に戻した。

「そのあともそなたは、岩戸屋さんに戻ったのだな」

「仰せの通りにございます」

答えたあと、勘四郎は五吉・おきちと向きあい、大豆屋の話になった顚末《てんまつ》を聞かせた。

卜斎は一言もはさまず、桃の木の仕舞いまで聞き取った。

「大豆屋さんが岩戸屋五吉さんと幼馴染みであることは、わしも葦五郎殿からうかがっている」

大豆屋と岩戸屋の内儀同士が親しいことも、卜斎はおしの当人から聞き及んでいた。

「大豆屋さんのしおり殿の誕生のいきさつ、桃の木三本の由来も、そなたがおきちさんから聞かされた通りだ」

卜斎は葦五郎から、おしのとしおりに関する子細を聞かされていた。

「しおり殿の筆による商品の札は、わしも目にしておる」

素直ななかにあって、芯の強さが札からあふれ出ているとト斎は褒めた。

そのあとで卜斎は鈴を振っておいそを呼んだ。廊下を鳴らして婆さんは居間まで来た。

「玄米茶を用意してくれぬかの」

「いますぐにかね」

夕餉の支度の真っ只中《ただなか》なのにと、おいその物言いが吠《ほ》えていた。

「玄米茶が先だ」

めずらしく卜斎の声は鋭かった。

「わっかりましただよう」

ひときわ大きな音で廊下を踏み鳴らして、おいそは炊事場に戻った。

玄米茶が供されるまで、卜斎は目を閉じたまま、背筋を張っていた。

向かい側の勘四郎は、目は開けていたものの背筋を伸ばして息を詰めていた。

茶が供されたところで卜斎は目を開いた。そして煎った玄米の香りを味わい茶をすすったあと、茶托に戻して問いを発した。

「いまもそなたは、この話を断るつもりでいるのか」と。

押しつけがましさは皆無である。

否、むしろ答えを求められた勘四郎を気遣うかの口調に思えた。

勘四郎は膝の両手を強く握って師匠を見た。

「いまのわたしは、大豆屋当主が務まる身では、到底ございません」

つっかえることなく言い切り、息継ぎをした。またも深呼吸をくれてから、続けた。

「てまえに話を聞かせてくれた岩戸屋さんもそうでしたが」

勘四郎はさらに背筋を伸ばした。

「大豆屋さんが商いと向きあう心構えの厳しさには、てまえは身を太い縄できつく縛り上げられたかに感じました」

勘四郎は間をあけず、さらに続けた。

「てまえがいま羽織らせてもらっている股引半纏には、岩戸屋さんの矜持《きょうじ》が、糸の一本ごとに織り込まれています」

しるし半纏を着たことのない勘四郎である。生まれて初めて羽織った半纏から、商いや仕事と向きあう気構えを教わっていた。

「大豆屋さんで商品札を拝見しただけで、しおりさんの人柄も育てられ方も、口はばったいのを承知で申し上げますが」

勘四郎は膝の両手をこぶしに握った。

「てまえにはほんの一部ながら、察することができた気がしております」

卜斎を見詰める目に、強い光が宿されている。その両目を、卜斎は受け止めていた。

「こんなてまえで、果たして大豆屋さんご一同さまの眼鏡にかないますや否やを、判じていただけますようにと願っております」

断りを言えると思ったのは、なんたる思い上がりだったのかと恥じていますと結んだ。

卜斎は応じる前に、玄米茶の香りと味とを賞味した。そして茶托に戻し、口を開いた。

「しおり殿はいまだ、香りを発することのない花、というところだろうが」

卜斎の膝の両手にも、力が込められた。

「そなたもまた、香りなき花だ。それを察することができたとわしには見えた」

また茶をすすると、湯呑みを手にしたまま勘四郎の目を見た。

「そなたの洗い張りが仕上がったのち、日を定めて大豆屋さんまで共に出向こうぞ」

「ありがとうございます」

勘四郎が畳にひたいを押しつけたとき、小雨は静かに降り止んでいた。

天神参り

一

「あねさん……」

おきちに話しかけた弦太《げんた》は、大事そうに手拭《てぬぐ》いを手にしていた。

弦太の様子は、いつもの豪快さとはまるで違っていた。声もそうだし、手拭いを持った手つきは、布をいたわっているかに見えた。

おきちはいぶかしみながら問いかけた。

「その手拭いがどうかしたのかい」

問われた弦太の背筋が伸びた。

「でえじな借り物の手拭いでやすんで、洗ったあとで鏝《こて》を当ててえんでさ」

敷居の外に立ったまま、弦太は問いかけを続けた。

「手拭いに鏝を当てたことなんざ、まるでねえもんで……」

布は生乾きがいいのか、ぱりっと乾き切っているほうがいいのかと問うた。

「しっかり乾かしたあとで、霧吹きで少し湿らせたほうが、巧《うま》く鏝が当たるけど」

おきちは立ち上がり、弦太に近寄った。

「おまえが鏝を使う気なのかい？」

おきちの声は、さらにいぶかしがっていた。

「その通りでさ」

答えた弦太は、あとを続けた。

「そんときになりやしたら、鏝と霧吹きとを使わせてもらいてえんでさ」

「いいよ」

おきちの答えに安心したらしい。弦太は身体《からだ》を折って礼を言い、部屋へと戻って行った。

背中を見送りながら、

「あの弦太にも、だれだか想《おも》う相手ができたのかねえ……」

おきちの目元がゆるんでいた。

＊

「暫《しばら》くはおめえと暮らすことになるんだ」

晩飯を食らいに行こうぜと、弦太は草太《そうた》を誘った。

岩戸《いわと》屋では朝夕二食は賄《まかな》い婆《ばあ》さんが支度をしていた。還暦目前とは思えぬほどに、夕餉《ゆうげ》の献立は見た目も味も手が込んでいた。

おかずもメシも、並の一膳飯屋の敵《かな》う相手ではなかった。

岩戸屋は力仕事の店だ。日に二度のメシには費えを惜しまずにいた。

それを承知で弦太は外でと誘った。

メシのあと草太とは、宿では話せない正味《しょうみ》の談判がしたかったからだ。

「ここで寝起きする限り、あにいが言うことにはなんだって従いやす」

草太は真顔でこう応えて、弦太に従った。

幸い、昼間の雨はすっかり止《や》んでいた。暮れ六ツ（午後六時）の鐘を聞きながら、ふたりは弦太の行きつけ一膳飯屋大福に入った。

夜は酒肴《しゅこう》も調《ととの》えている縄のれんだ。

「昼の騒ぎでメシもろくに食ってねえんだ」

晩飯はなにがあるかと問うたら、いわしの煮付けをかえでは勧めた。

おそめのひとり娘で、客あしらいのよさで職人たちに人気があった。

「昼のお客さんが雨のせいで少なかったものだから、残ってしまったの」

馴染《なじ》み客の弦太に気を許したのだろう、かえでは正直なことを言った。

「おれは、それをもらいやす」

かえでの言い分に惹《ひ》かれた草太は、弾んだ声でいわしを注文した。

「おれもそれでいい」

熱燗《あつかん》二合はメシのあとでと、弦太は言い添えた。

「酒は灘《なだ》の福千寿にしてくれ」

「ありがとうございまあす」

かえでは目元をゆるめて弦太を見た。

「夜の口開けに、景気をつけてもらいました。今夜も大入りでえす」

ぺこりとあたまを下げたあと、下駄を鳴らして調理場への紺のれんを潜《くぐ》った。

土間の三和土《たたき》は手入れが行き届いている。昼間の雨にも負けず、かえでの下駄に踏まれた土間は乾いた音を立てていた。

まさに弦太たちは口開け客だった。十坪の土間に他の客はいなかった。

手際よく盛り付けられたいわし定食が供されたとき、厚手の半纏《はんてん》を羽織った職人五人が入ってきた。

弦太の脇を行きすぎるとき、ひとりが鼻をひくひくっとさせた。醤油《しょうゆ》と味醂《みりん》、ショウガで甘辛く煮付けたいわしが、職人の鼻をついた。

「おれもいわしがいい」

まだ腰を下ろす前に、かえでに告げた。

「あにいがそう言うなら、おれっちもいわしにするぜ」

おれもおれもと、五人の注文が揃《そろ》った。

「ありがとうございまあす」

弾んだ声で応えたかえでは、調理場に向かう前に、弦太に近寄った。そして相手の目を見つめて、またぺこりとあたまを下げた。

口開け客が縁起を呼び込んでくれたことへの、気持ちのこもった礼だった。

メシの後、熱燗と肴《さかな》が供された。弦太好みのおから煮が、小鉢に山盛りとなっていた。

草太の盃《さかずき》を満たし、手酌で自分の盃に注いだあと、弦太は一気に福千寿をあおった。そして盃を卓に置き、草太を見た。

「おれは今年で二十六だ」

弦太はいきなり小声で、自分の歳《とし》を口にした。戸惑い顔になった草太は、盃を呑《の》み干し、卓に置いて弦太の目を見た。

が、口は開かず、弦太の言葉を待った。

「この歳まで、おれは一目惚《ぼ》れとは縁がなかったが」

腹掛けのどんぶりから、弦太は手拭いを取り出した。染谷《せんこく》の治療室で、いまりが差し出した手拭いだった。

鏝を当てて返すとおきちに明かした、あの手拭いだ。

「おれはいまりさんに、いまも気持ちを搦《から》め捕られたままだ」

草太の両目に当てた弦太の目の内では、まるで炎が燃え立っているかに見えた。

「おめえもいまりさんに気を寄せているのは、昼間っからの様子で分かっている」

弦太は両手を卓に置き、草太を見詰める目の光を強くした。

「おれは命がけで、いまりさんに詰め寄る」

弦太の小声が張り詰めていた。

「もしも勝負となるなら、たとえおめえとでも真っ向勝負するぜ」

これを告げて、弦太は卓に置いた手を引っ込めた。そして手酌で盃を満たした。

しかし盃に手はのばさず、草太を見詰めた。

弦太の目を受け止めたまま、草太が口を開いた。

「あにいも知ってるはずだが、おれは根っからの材木屋でね」

生まれつき気（木）が多いんでさと、おどけ口調で話し始めた。

「とってもあにいと勝負する気はねえし、勝負できる身分でもねえのは分かってやす」

急ぎ手酌で満たした熱燗を、草太はぐびっと音を立てて呑み干した。

草太に合わせて、弦太も盃を干した。その弦太に笑いかけて、草太は話を続けた。

「あっしにできる手伝いがあれば、なんだって言いつけてくだせえ」

草太は真顔である。

弦太も真顔になって草太に応えた。

「ここでおめえに言ったことは、堅く口を閉じていてくれ」

「がってんだ、あにい」

草太が威勢のいい声で答えたら、まだいわし定食を食っていた五人が、そろって目を向けてきた。その気配を感じた草太は、さらに声を張った。

「まっかせてくだせえ」と。

弦太は熱燗徳利《とつくり》を差し出して、草太の声を抑えた。

のれん近くに立ったかえでは離れた場所から、弦太をちらり見していた。

一月二十三日、六ツ半（午後七時）過ぎ。

おそめの真上の空には、月末に向かって痩せつつある月があった。

二

翌一月二十四日は、空のどこにも雲のない晴天で明けた。

岩戸屋には小さな祠《ほこら》が設《しつら》えられていた。一日の仕事安泰を願う、神様を定めぬ祠だ。

深川の商家、職人宿の多くが、同様の祠を敷地内に設えていた。

暦ではまだ一月二十四日だが、今年の啓蟄《けいちつ》はすでに四日前に過ぎていた。

朝日には春を謳《うた》う威勢がこもっている。陽《ひ》を浴びた祠に手を合わせたことで、弦太にはひとつの思案が浮かんだ。

一日の息災をお願いしたあと、弦太は急ぎ台所に向かった。

明け六ツ（午前六時）を四半刻《しはんとき》（三十分）ほど過ぎていたが、朝餉は六ツ半（午前七時）からだ。賄いのおたねはまだ支度に追われていた。

「どうしたんだい、ごはんはまだだよ」

弦太の気性を好ましく思っているおたねだが、早すぎた顔出しには声が尖《とが》っていた。

「いいんだ、おたねさん。今日の帳面を見てえだけだ」

帳面とは仕事の段取り帳のことだ。弦太のはしけの動きも、帳面に書かれていた。

昨夜のうちに見て承知していたが、念のために確かめたのだ。

今日は九ツ半（午後一時）からの動きとなっていた。それまで弦太は休みである。

「おれっちはいまから、ちょいと出かけるからよう。朝飯はいらねえ」

言い置くなり、弦太は二階に駆け上がった。そして寝間着を、股引《ももひき》半纏に着替えた。

昨夜のおそめで、草太は灘酒を三合も平らげていた。染谷の治療を受けている間の草太は、力仕事は無しだ。

着替えを済ませた弦太が部屋を出たときも、草太はいびきをかいていた。

出かける前、弦太はおたねに「おばさんの宿まで出向きやすんで」と、行き先を告げた。

まこと今日は、昨日の雨とは打って変わりの上天気だ。

「春の天気は気まぐれだてえが、まったくだ」

胸の内でつぶやき、軽い足取りで徳兵衛店《とくべえだな》へと向かった。堀割伝いに船で向かえば、弦太には陸《おか》を行くよりも早かった。

とはいえ今朝は仕事ではない。

九ツ半まで岩戸屋の船に仕事はなかったし、空いているときは好きに使っていいと、五吉から言われてもいた。

しかし弦太は性分として、自分の用で店の船を使う気にはなれなかった。

股引のどんぶりには数粒の小粒銀と、いまりから借りた手拭いが納まっていた。その手拭いを右手をあてて確かめながら、弦太は徳兵衛店へと駆け始めた。

堀を幾つも渡り、徳兵衛店が近くなると、長屋が連なり始めた。いずれも職人一家が暮らすような、九尺二間（間口約二・七メートル、奥行き約三・六メートル）の裏店《うらだな》だ。

ときは六ツ半が近い。居職《いじょく》ではない通い職人は、すでに朝飼を終えて仕事場に向かっている刻限である。

通りを駆ける弦太は、何人もの通い職人と行き違った。

運河で行き違う船やいかだとは、巧みな櫓捌《ろさば》きでやり過ごす弦太だ。が、陸を行き来する職人との行き違いには慣れていなかった。

道具箱を肩に担いだ職人たちは、弦太のように駆けてはいない。が、だれもが足早だ。行き違う相手との間合いを読み違えてしまい、ぶつかりそうになった。

「ばかやろう、どこを見てやがるんでえ」

怒鳴られるたびに、弦太は立ち止まって詫《わ》びた。水の上では恐《こわ》い物知らずの弦太だったが、いまはまさに「陸《おか》に上がったカッパ」である。

三度怒鳴られたあとは、駆け足をやめた。

「気をつけたがいいよ、にいさん」

道端でたまごを売っていた婆さんが、立ち止まった弦太に声をかけた。

「この界隈《かいわい》に暮らす職人さんは、だれもが腕はいい分、気性が荒いからさあ」

婆さんの日焼け顔が朝日を浴びていた。

「急ぎでないなら、いまの時分は前をしっかり見て歩いたほうがいいよ」

親身になって弦太の駆け足を案じていた。

「ありがとさんでさ」

弦太はあたまを下げて礼を言った。下げたことで、売り物のたまごが目に入った。

編まれたわらづとが、内に包んだたまごで膨らんでいた。

「ずいぶん威勢のいいたまごみてえだ」

「その通りだよ、にいさん。いい目をしているじゃないかさ」

たまごを褒《ほ》められたことで、婆さんの声が弾んでいた。

「わらづと一本、幾らでやすんで？」

「一本に五つ入って五十文《もん》だよ」

婆さんの物言いは、高値が申しわけなさそうだった。店売りのたまごでも、安いところなら一個六文で買えたのだが。

「うちのたまごは、日に二百だけでさあ。毎朝、ここまで町のたまご屋が仕入れにきたりするほどだよ」

買って損はないよと柔らかな物言いで、押しつけはしなかった。

弦太はわらづと一本を手に取った。たまごが確かなことは、ていねいな作りのわらづとからも察せられた。

「小粒しか手持ちがねえんだが、それでも構わねえですかい」

確かなわらづとを手に持ったまま、弦太は婆さんに問うた。

いまの相場では一匁《もんめ》の小粒銀は、ひと粒で八十三文だ。

「もちろんいいけど、まだ口開けで手持ちの釣り銭は三十文しかないからさあ」

五十文のわらづとを小粒で買われたら、釣り銭がなくなってしまうと、婆さんは日焼け顔にしわを寄せた。

「分かった」

弦太はわらづとを三本手に取った。そして小粒銀二粒をどんぶりから取り出した。

「三本で百五十文なら、小粒二粒で勘定は合うはずでさ」

「なんとも豪気だねえ、にいさんは」

婆さんは十六文の釣り銭を手にしていた。弦太は小粒銀二粒を渡し、釣り銭は拒んだ。

「相談に出向くおれのおばさんに、いい手土産ができやした」

礼を言うなり、わらづと三本を提《さ》げて弦太は徳兵衛店へと向かった。たまごを気遣い、歩みはのろくなっていた。

＊

「おばさんへの手土産だ」

わらづとを差し出したとき、おまつは小さなへっついでメシを炊き上げたところだった。

「いい拍子じゃないかさ」

炊きたてごはんに生たまごで、一緒に朝飯を食べようよと、おまつは喜んだ。

「いつもひとりで、しじみの味噌《みそ》汁《しる》とぬか漬けが朝の決まりだからさあ」

食べる相手がいて、生たまごつきとは豪勢な朝になると声を弾ませた。

「たまごはたっぷりあるからよう。茶碗《ちゃわん》一膳に、たまごをまるごとぶっかけようぜ」

「嬉《うれ》しいことを言ってくれるよ」

客用の茶碗に湯気の立つごはんをほどほどに盛り付けたおまつは、声も顔もほころばせて差し出した。

生たまごが外にこぼれ出ぬよう、ごはんの盛り方を加減していた。

茶碗のごはんに箸で窪《くぼ》みを拵《こしら》えた弦太は、茶碗のふちにたまごをぶつけた。

毎朝、岩戸屋の朝飯で、同じ事をしていた。岩戸屋のおきちは力仕事の働き手には、朝からメシを存分に供していた。

割り慣れたたまごだったが、黄身を見た弦太は驚きの声を漏《も》らした。

「黄身がぷっくりと膨らんでいる」と。

弦太はその茶碗をおまつに見せた。

「砂村のたまごはおいしいとは聞いていたけど……」

ひとり暮らしでは高くて手がでないからと、吐息を漏らした。

「今朝はたっぷり食ってくれよ」

「ありがたいねえ……」

語尾の響きが潤んでいた。

弦太の手土産は、佳《よ》きおば孝行となった。弦太はメシをお代わりして、もうひとつ生たまごを割った。

ひとり暮らしのおまつが炊く朝のごはんは、夕飯のおひやまで含んでいた。が、今朝は釜の底が見えるまで、弦太が平らげた。

「夜は久しぶりに、担ぎ売りのおうどんでも食べようかねえ」

釜の底が見えていることを、おまつは正味《しょうみ》で喜んでいた。

朝餉の膳を片付けたあと、おまつは玄米茶をいれた。ひとり暮らしで自分に許した、朝のぜいたくだった。

「それで……」

いれたての茶と香りを味わってから、おまつは甥《おい》っ子に問いかけた。

「なにか、折り入っての話があるんだろうけど、あたしで役に立つのかい？」

年の功で人柄の練れたおまつだ。余計な前置きはせずに問いかけた。

弦太は湯呑《ゆの》みを箱膳に戻して、背筋を張っておまつを見た。

「おばさんが鍼《はり》治療を受けている、ここからすぐ先の……」

弦太があとの口を言い淀んだ。

「染谷先生のことかい？」

弦太は深くうなずき、あばら骨を折った草太を昨日、はしけで連れてきたことを話した。

「染谷先生は名人だけど、岩戸屋さんのご近所にも骨接《ほねつ》ぎ医者はいるんじゃないのかい」

「いなくはねえが、じつは……」

たまたま染谷先生の長男が、荷車が倒れた場所に居合わせたと続けた。そのあとはおまつに口を挟ませず、一気に次第を話し終えた。

「本当に草太さんは運のいいひとだねえ」

染谷先生なら骨接ぎをお願いしても安心だと、おまつは請け合った。

「いまの話で次第はよく分かったけど、どうしてこんな早くからあたしの所に来たのさ」

弦太の話にはまだ続きがあると、おまつは察していた。が、口にはせず、弦太を見詰めて、目で先を促していた。

弦太はどんぶりから手拭いを取り出した。

「この手拭いのことで、おばさんの知恵を借りてえんだ」

弦太はきまりわるげに、顔を赤くした。

おまつは湯呑みを手に持つと、ずずっと音をさせて玄米茶をすすった。そのあと、湯呑みを箱膳に置いた。

ここまでの話と、どんぶりから取り出した手拭い、さらには顔を赤らめている弦太を見たことで、おまつは甥っ子の用向きに察しをつけていた。

わらづと三本のたまごは、ひとり暮らしの身には多すぎる。

先様への手土産にいいじゃないかと思案を定めたあと、もう一度湯呑みに手を伸ばした。

弦太を後押しするかのように、太い茶柱が立っていた。

三

毎月二十三、二十四日の両日は、いまりの自習日だった。

「下旬の二日は往診（出張り治療）日に充てておる。この両日は五ツ半（午前九時）過ぎから終日、わしは不在だ」

いまりが染谷への弟子入り志願を願い出た去年、染谷は娘を前にして心構えを説き始めた。

「わしが他行《たぎょう》（外出）とて、断じて気をゆるめてはならぬ」

娘が弟子入りを志願するなど、染谷当人はそうあってくれればと願ってはいたが、親の勝手な願いだともわきまえていた。

それが唐突にかなったのだ。染谷はおのれを落ち着かせるためにも、あえて厳しい物言いで臨んでいた。

真っ先に口にして娘に自習を申しつけたのが、染谷の往診日程に基づく段取りだった。

「たとえおまえがわしの門下に加わろうとも、往診日を変えるつもりは毛頭ない」

なぜ変えぬのか、子細を聞かせた。

「いまわしが往診に出向いている先は、平野町《ひらのちょう》、高橋《たかばし》周辺の武家、七屋敷だ」

いまりは父に命じられて、竹の短冊に心覚えを書き留めていた。

染谷の手元に紙は存分にあった。が、大半が薬草を包んだり、調合した薬剤を包むためのの「包装紙」である。

「わしの手元にある紙のほとんどが、治療のために使うに限っておる」

心覚えを書き留めるには短冊状の竹を使いなさいというのが、染谷の指示だった。

深川の大半は埋め立て地だ。地べたに強い根を張る竹は、土地造りの保守材には最適だった。

竹藪《たけやぶ》には、当然ながらたけのこが出た。しかし埋め立て地の塩辛い土壌を突き抜け出てくるたけのこには、旨味《うまみ》が薄かった。

埋め立て地を差配した地主は、もろこし（中国）の文明・文化に通じていた。

「もろこしには遠い遠い昔より、竹簡《ちっかん》という筆記用具があった」

竹を短冊状に割り、それを干したものが竹簡である。まだ紙がなかった古代、竹簡に記して保存していた。

染谷は深川の竹細工屋から、多数の竹簡を買い求めて記録文具に使っていた。

竹簡に紐《ひも》を通して重ねておくことで、紙の図書のように保管できた。

竹簡は紙より安価である。しかし紙とは異なり、文字を書くにはコツがいる。

安価で、そして習字稽古にもなるのだ。

いまりは指示された通り、竹簡に心覚えを小筆で書き留めていた。

いまりは染谷の指図にはなにごとによらず忠実に従っている。

今日（一月二十四日）もまた、いまりに見送られて染谷は往診に出向いていた。向かう先は高橋の武家屋敷だ。

今日と明日で出張り治療に向かう七屋敷すべて、いずれも検校《けんぎょう》の大木《おおき》尊宅《そんたく》と米問屋野島《のじま》屋当主から強く頼まれたことで、多忙な日程を調整して引き受けていた。

尊宅も野島屋当主も、染谷は治療を通して信を置くことになった患者である。

染谷の治療を受けた武家七人からは、いたく満足したがゆえ「ぜひにも○○殿にも……」と、強く推薦したいとの申し出を受けた。

「ただいま新弟子を鍛え始めたところですが、ものになるには早くてもまだ、一年を要しますがゆえ……」

当面は往診先を増やすのは無理である旨、断りを続けていた。

正味で治療に満足したが結果の、強い推薦である。それを拒むのは、心苦しくもあった。が、こころの奥底では喜びも感じていた。

娘に施術を伝授し、弟子として鍛えていると相手に告げることができたからだ。

いまりの筋のよさは染谷が弟子入り願いを受け入れて、基本から鍛え始める前から、拳法師匠・宋田兆《そうでんちょう》から聞かされていた。

「芸妓《げいぎ》時代に足腰の動きを念入りに鍛えられてきたことが下敷きとなっている」

その上勘働きのよさだと、宋田兆にしてはめずらしく手放しで褒めてくれた。

宋田兆が口にしてくれた評価を、染谷もありがたく受け入れた。

とはいえ鍼灸《しんきゅう》治療は、ひとの身体にじかに鍼を刺し、熱い灸をすえることになる。

その治療を許すまでには、まだまだ知識も経験も足りていないと断じていた。

しかし厳しき師匠であろうとする染谷にも、まことの愛弟子《まなでし》を得た喜びも同居していた。

二十四日も、染谷の胸中には抑えても失《う》せぬ弾みが宿っていた。

午前中の治療を終えた屋敷では、染谷に昼餉《ひるげ》を供するのが決まりの段取りだった。

が、一月二十四日の今日は治療に入る前に、昼餉は無用と断っていた。

「いささか思案の向きがあるもので」

治療を終えたあと、染谷は高橋南詰《みなみづめ》のうどん屋に向かった。この店の「漁師うどん」は、干したアジのダシが利いており、薄く削られたとろろこんぶが、ダシの美味《うま》さを際立ててくれた。

しかも小上がりで食したあとは、壁に寄りかかって思案にふけることもできる。

屋号に偽りなしで、客の多くは小名木《おなぎ》川に桟橋を設けた漁師が多かった。

十文の席料を払って小上がりを使う客には、食後の「食やすみ」に、店主は一切の文句をつけなかった。

うどんを食しながらも、染谷は勘四郎《かんしろう》といまりのことを考えていた。

息子がつれてきた怪我人《けがにん》を治療したのは、昨日の午後だ。

さよりの一件以来、勘四郎といまりはなにやらひたいを寄せ合うかのようにして、ひそひそ話を繰り返していた。

遠い昔、染谷と昭年《しょうねん》も同じようにして、小声の話を交わしていた。太郎《たろう》と弥助《やすけ》について、互いに思うところを口にし合っていたのだ。

息《そく》も娘も、とうに身を固める時期は過ぎていた。それを案じていたのだが、つい近頃になって、ふたり同時に想う相手でもできたということなのかと、染谷は考えた。

かなうことなら……と、あの思慮深いはずの染谷が、先走ったことを思っていた。

親の欲目ならず、あれは筋のよい娘だ。祝言のあとも引き続き、世のためにも鍼灸治療の稽《けい》古《こ》には励んでもらいたい。

願わくば、それが可能となる相手と、ご縁があればいいのだが……

先へ先へと思案を重ねる染谷である。姿勢のよさは変わらずだが、鍼灸治療の達人には見えぬほどに、気配はゆるんでいた。

小上がりはすでに満席で、空席を待つ若手の漁師が数人、うどんも注文せず土間の隅に並んでいた。

小上がりで横になって寝息を立てている者は、いまはいない。みな待っていれば席が空くと考えているようだ。

染谷はひとりで、すでに食べ終えていた。それなのに、あの染谷ですらと言うべきか。息子・娘の先行きを思案することで、混雑ぶりに気遣いは見せず、いまも居続けていた。

順番待ち客の尖った目が、染谷に集まっていた。

「いい歳を重ねた爺さんがうどん食ったあと、なんだって思案を続けているんでえ」

「十文ならおれっちがけえしてやるから、とっとと小上がりを空けてくんねえかな」

空きを待つ若い漁師が、顔をしかめてぼやいていた。

＊

奇《く》しくも染谷同様に、いまりたちの昼餉もうどんだった。

亭主の好みを知り抜いている太郎だ。

干アジと昆布のダシを、醬油と味醂で調《ととの》えたつゆは染谷好みである。

こども時分からこのつゆでうどんを食べてきたいまりと勘四郎には、まさに「母の味」だった。

食後の片付けは、いまりが引き受けて、手際よくこなした。染谷の指示に従い、手引き書の自習に早く戻るためである。

洗い終えた器と鍋を炊事場の水切りに立てかけて、布巾をかぶせれば仕上がりだ。

「ごちそうさまでした」

ふたりは声を揃えて太郎に礼を言い、陽の当たっている薬草干し場へと向かった。

染谷の治療院もいまりの稽古場も、母屋とは別棟だ。が、屋根付きの渡り廊下でつながっていた。

礼を言って母屋から出ようとする勘四郎といまりを、太郎は呼び止めはしなかった。

このところ、ふたりで話す折が増えていた。

兄を気遣う妹を諒《りょう》と受け止めていたものの、いままでとは違う気配のようなものを、母は感じていた。

が、どちらかが難儀を隠し持っているのではなく、その逆だとも太郎は察していた。

兄も妹も、それぞれが胸の内で思いを膨らませているような、弾んだ気配を太郎は感じ取っていたのだ。

三十路《みそじ》に差し掛かった娘とその兄。

そんなふたりが、ともに気持ちを弾ませているのなら、親としては願ってもないことだ。

どうか佳き先行きとなりますように……

これを胸の内で願ったあと、太郎はゆっくりと立ち上がった。

還暦を過ぎたいまでも、立ち上がるときの所作には、いささかの乱れもない。すっと立ち上がる加減、足裏のたくみな使い方も、芸者時代に鍛えた宝物である。

頃合いをみて、娘と息に茶を届けてやろうと、太郎は胸の内で決めた。

母の目元がゆるんでいた。

四

兄と薬草干し部屋に向かうわずかの間に、いまりは朝からのことを思い返した。

母屋とは渡り廊下でつながっただけの、わずかな隔たりでしかない。短い板張り廊下なのに、いまりは思い返しに搦め捕られた。

昨夜の兄の申し出……そのわけを、いまから聞くことができる。

それを思ういまりは自習に抜かりはなかったかと、ついつい思い返しに気がいってしまった。

動きやすい作務衣《さむえ》姿なのに、踏み出す一歩はのろかった。

後ろにいる勘四郎は、そんな妹をせかすでもなく、間合いをたもって足を踏み出していた。

この朝五ツ半過ぎ、高橋に出向いた染谷を見送ったあと、いまりは昼餉までの一刻（二時間）、息継ぎするのも惜しんで自習に没頭していた。

昨夜の、兄の頼みに応えるためだった。

昨日は昼間の驟雨《しゅうう》も、日暮前には上がった。そして夜には月も昇っていた。

夕餉の片付けも終えたいまりに、勘四郎は目配せをしてから外に出た。

二十三日の月は、日を重ねるごとに細くなっていた。暦ではまだ一月下旬でも、今年はすでた。

啓蟄もとうに過ぎていた。

春分まであと十日ほどの今夜だが、昼間の雨に打たれた地べたはまだ柔らかに湿っていた。

勘四郎がくれた目配せは、薬草干し場前の、運河に面した部屋の外で待っていると告げていた。

なにごとなのかといぶかしみつつ、いまりは下駄履《げたば》きで外に出た。

兄は月明かりを浴びて立っていた。

「なにかあったの？」

「いや、わるいことが起きたわけじゃない」

勘四郎は月明かりの下でも分かるくつろいだ顔で、妹との間合いを一歩詰めた。

「明日は一日、自習の日だよな」

そうだと分かるように、いまりが深くうなずいたら、

「親仁《おやじ》様が出かけられたあとで、おれと暫時《ざんじ》、話をするひまを作れるか？」

「それなら大丈夫よ」

話がしたかっただけと分かったことで、いまりの声が明るくなっていた。

「お昼まで気を入れて自習するから、ごはんのあとでどうかしら」

「それでいい」

なんの話かは言わなかったが、勘四郎の表情には難儀を言うときの硬さはなかった。

昼餉のあとを承知したと強くうなずいたことで、明日の段取りがまとまった。

昨夜、月明かりの下で兄と話を交わしたあとは、今日午前中の自習時も、いまりは心持ちの奥には、弾むものを感じていた。

なにかわたしにとっても佳き話が聞けるかもしれないと、いまりならではの勘働きが告げていたからだ。

さよりの一件以来、勘四郎とはこどもの頃のように屈託なく話ができていた。

もともと仲のいい兄妹《きょうだい》だった。十五から長らく、いまりは検番《けんばん》に籍を置いていた。あの時代は勘四郎ともさよりとも、顔を見て話ができる折りは限られていた。

それだけにさよりの方が、自分以上に兄と仲の良い間柄に思えたりもし、ふたりの間に割って入ることには遠慮もあった。

今回、さよりが兄をどう想っていたかを、深川茶屋で聞かされた。

嫁いだり出戻ったりした身への遠慮が、さよりの話の端々から察せられた。

同時にいまりは、母・太郎を想い浮かべた。

いまりもはや三十路である。

さよりの母は、今回のことを良縁だと喜んでいるという。

太郎から一度も言われてはいなかったが、さよりの母同様に、太郎も娘の行く末を案じているに違いないと思い知った。

さらにもうひとつ。

父・染谷の胸中をも、おもんぱかることになった。

さよりは常に父のことを考えていたのだと、いまりは自分に照らして気づいた。

父を篤《あつ》く尊敬もしている、さより。そんな相手の胸中を察する器量は、勘四郎にはなかった。

染谷は人助けの一本道ど真ん中を、肩を怒らせることもなく、当たり前として歩んでいた。

いまりはそんな父の生き方に憧れていた。

芸者を離れたのも、つまりは父の後を追いたいと願っていたからだ。

染谷は表情を動かさず、娘の志願を受け入れた。

太郎も同じで、格別に喜んだ振舞いは見せなかった。

そんな両親とは異なり、勘四郎は妹の決断を心底喜び、素直に態度で示した。

「人助けの太い一本道を、当然として突き進む親仁様だ。そのあとをおまえが受け継いでくれることで、自分勝手な言い方だと承知で、どれだけおれの気持ちが軽くなれることか」

兄なりに身勝手さに悩んでいたと知り、兄妹の間に感じていた仕切り板がすっきりと失せた。

履き物を脱ぎ、茣蓙《ござ》敷きの板の間にいまりは先に上がった。深く信頼している兄と、午後の陽が差し込む薬草干し部屋で向きあうべく、板の間に座した。

＊

「先におれのことから話したいが、いいか？」

「いいわよ」とか「どうぞ」の返事を妹からもらえるものと思っている顔つきで、勘四郎は問いかけた。ところが……

「おにいちゃん、なにも懲《こ》りていないのね」

静かな口調だったが、勘四郎の顔色が一瞬にして変わった。

「どういうことだ、それは」

青ざめた顔で、妹に言葉を投げつけた。

心底げんなりしたという表情で、いまりは兄を見た。勘四郎はさらにいきり立った。

「そんな顔つきをされるなら、妹でも容赦しないぞ」

滅多《めった》なことで声を荒らげはしない兄が、いまは怒り心頭らしい。それでも言葉遣いには、汚い言い回しがなかった。

「分からないみたいだから言うけど」

いまりはひと息を継いでから話し始めた。

「おにいは昨日、ひまを作れって言ったでしょう」

「確かにそう言った」

答えた兄の顔を、差し込む午後の陽光が照らしている。その目を見て、いまりは続けた。

「おにいとの約束……ひまを作るために、わたしはひたすら師匠の手引き書を読み続けたの」

染谷と勘四郎、ふたりと交わした約束を守るためには、そうする以外になかった。

「わたしがどれだけ根を詰めて自習しているか、おにいだって分かるでしょう」

うなずいた勘四郎の表情は、落ち着きを取り戻していた。いまりの気性は分かっていたがゆえ、自習の姿が想像できていた。

「それが分かっているなら、まずはわたしに話をさせるのが筋でしょう」

いまりは口調を一段和らげて、さよりとのことで問いかけた。

「さよりさんが診療所のことで、どれだけ思い悩んでいるのか、一度でも訊《き》いてあげたことはあったの？」

「なんだよ、いきなり……」

また不服げな口調になった。それには取り合わず、いまりは返答を求めた。

深いため息をついたあと、訊いたことはなかったと答えた。

「それがおにいには、一番足りていないところなのよ」

相手を大事に思うなら、自分のことより先に、相手のことを考えるべきだと、いまりは静かに告げた。

「おにいがひとことでも、診療所のことを聞いてあげていたら……」

いまりが言葉を区切ると、勘四郎は息継ぎも惜しむかのような表情で、妹の次の言葉を待っていた。

「どれほど想っていたとしても」

いまりは言葉を区切り、兄を見た。

「いまならさよりさんじゃなくてわたしでも、確かなことを言ってくれないおにいのことは断ち切るわよ」

いまりに言い切られた勘四郎は、おのれを振り返らざるを得なかった。

いまさら気づいても遅かったが。

さよりの悩みの一端すら汲《く》み取りもせず、自分が目指す道のことしか話してこなかったことを思い知った。

胃ノ腑《ふ》から逆流してきた苦いものが、勘四郎の舌を刺激し、顔を歪《ゆが》めさせた。

そんな兄を妹は見詰めていた。

しばしの間、ふたりは黙したままだったが。勘四郎が口を開いた。

「おれは未熟者だ……」

おのれを恥じた勘四郎は、口を閉じて天井を見上げた。そして深い吐息を漏らしたあと、妹を見た。

「よくぞ言ってくれた」

いまりに礼を言い、あとを続けた。

「おれを本気で案じてくれればこその、おまえのそんな気性だからこそ」

妹を見る勘四郎の目が、優しい光を帯びた。

「今日、おまえに話そうと思っていた、弦太のことにもつながるが」

「えっ……」

弦太って、なんのことなのと、いまりが驚き顔になった、まさにそこで。

チリン、チリン……。

控えめな音が響いた。

治療院玄関の紐が引かれ、来客を告げる鈴が鳴った。

五

来客は徳兵衛店のおまつだった。

「こちらさまの都合もうかがわずに来てしまって、ごめんなさい」

「そんな……都合だなんて……」

いまりの物言いは、どこか決まりがわるそうだった。鈴が鳴るまでいまりと勘四郎は、弦太の話をしていたのだ。

そして当然ながら、弦太のおばにあたる徳兵衛店のおまつのことも。

勘四郎はおまつを知らなかったが、いまりは染谷の鍼灸治療の患者のおまつを見知っていた。

そのおまつが、ふたりの話を聞いていたかのように現れたのだ。いまりはうろたえ気味に口を開いていた。

「都合なんかどうでもいいんですが、今日は治療院はおやすみですから」

稽古場でお話を伺います。

そのあといまりは稽古場に向かい、内から戸を開いておまつを迎え入れた。

いまりが迎え入れた客がだれなのか、干し場の勘四郎には分からずだった。

「少しの間、待っててください」

おまつを稽古場に上げたあと、いまりは兄の待つ干し場の戸を開いて駆け込んだ。

「おにい、たいへんなの！」

声を発したあと、兄の身なりを見てさらに驚き顔になった。いまりが呼び鈴に応えて干し場から出たあとの、そんなわずかな間に、勘四郎は股引半纏姿になっていたからだ。

「落ち着け」

息を弾ませているいまりに向かい、兄は右手を下向きにして気を鎮めさせようとした。

岩戸屋の親方からもらった股引半纏一式は、干し場の納戸に仕舞っていた。急ぎ着替えたのは、動きが楽だったからだ。

妹の驚きぶりのわけは来客にありと、勘四郎は考えた。

「お客さんが、どうかしたのか?」

いまりは小さくうなずき、小声で答えた。

「おまつさんなの」

「なんと……」

今度は勘四郎が言葉を詰まらせた。が、すぐに気を取り直して妹の目を見た。

「いい折だ、おれも会ってみたい」

いまりとは違い、勘四郎はおまつと顔を合わせたことがなかった。

いまりに従い稽古場に移ったとき、おまつは板の間に立ったままだった。入ってきた勘四郎を見たおまつは、わらづとなどを抱え持ったまま近寄ってきた。

勘四郎の身なりを見ても驚かなかったのは、長屋の男には、この格好が当たり前だったがためだ。

「勘四郎さんですね?」

いまりが口にしたわけではないのに、おまつは勘四郎の名を知っていた。

いぶかしげな表情の勘四郎に、おまつは構わずに先を続けた。

「勘四郎さんのことは弦太から、細かに聞かされています」

「そうでしたか……」

得心した勘四郎が表情を和らげたとき、いまりが稽古場の着替え部屋から座布団三枚を運び出してきた。

「どうぞ、あててください」

勧《すす》めに従ったおまつとともに、兄妹は横並びに座して客と向きあった。

ふたりを交互に見てから、おまつは小さく畳まれていた風呂敷の結び目を解いた。饅の当てられた、あの手拭いが見えた。

手にした手拭いを、おまつはいまりに差し出した。

「今朝方早く、うちに来てから、弦太が自分で饅を当てました」

受け取ったいまりは両手で持ったまま、おまつが口にする続きを待っていた。

「あの子がそこまで、気を惹かれるのを見たのは、今朝が初めてです」

本来なら自分の手で、いまりさんに返しにうかがいたかったと、おまつは弦太の想いを代弁し始めた。

「あとの仕事が押しているらしく、取り急ぎ手拭いだけでもお返ししたいからと、うちに預けて帰って行きました」

話しながらおまつは、いまりが手に持ったままの手拭いに目を向けた。

「貸してもらった手拭いに染められていたのは、亀戸《かめいど》天神さまの藤棚だと言ってました」

いまりは確かなうなずきで応じた。

検番の芸妓衆が総出で、亀戸天神にお参りをしたことがあった。その折のひいき筋への配り物のひとつがこの手拭いだった。

「そんな大事なものを惜しまずに貸してくれたいまりさんの心意気に、弦太は心底打たれたようです」

弦太の感謝を告げたあと、おまつはわらづとをいまりの膝元へと押し出した。

「せめてものお礼にと、弦太から言い付けられたおみやです」

いまりは稽古着の作務衣で、手拭いを仕舞うたもとがない。ていねいな手つきで膝元に置いてから、わらづとを見た。

手に取る前に、口を開いた。

「砂村のたまごですよね？」

手も触れずに言い当てられて、おまつは驚いた。いまりは先を続けた。

「うちで稽古を続けている、たまご屋のおとみさんから、同じものをいただいたことがあります」

砂村のたまごにはかなわないと、負けず嫌いのおとみが正直に褒めていた。

「おいしいたまごです」

いまりの言い分に勘四郎もうなずくと、ときを合わせたかのように出入り口が開かれた。湯呑みと茶菓の載った盆と、仕上がり茶を注ぎ入れた土瓶を提げた太郎だった。

芸者修業で鍛えられた足腰である。還暦から四年の太郎だが、身体の運びは確かだった。

土間に並んだ履き物を見て来客に気づいた太郎は、遠慮気味の足取りで稽古場に上がった。

「まあ、おめずらしいこと」

おまつを見るなり、太郎から声を発した。

甘味好きの勘四郎のために、太郎は菓子も茶も多めに支度していた。

おまつの分まで取り分ける太郎に、いまりはおまつから聞かされたあらましを話した。

手早く調えた茶と菓子を、太郎はおまつにも供した。

「砂村のたまごはいまりに留《とど》まらず、染谷の好みでもありますので」

太郎は気持ちのこもった礼を言った。

おまつは太郎よりは年下ながら、察しのいい年配女だ。

話をきちんと聞き取っている太郎の様子を見ていたおまつは、弦太への感触はわるくないようだと察しをつけていた。供された茶菓を素早く賞味したあと、おまつは太郎と向きあった。

「わたしも弦太が買い求めてきた砂村のたまごを今朝、弦太と一緒にいただきました」

炊きたてごはんが、たまごの美味《うま》さを際立たせていたと褒めた。

「今夜にも、染谷ともどもいただきます」

相手の目を受け止めたまま、太郎は応じた。

太郎に合わせて、勘四郎・いまりもこうべを垂れて母に続いた。

潮時を察したおまつは、立ち上がって座布団を裏返しにした。長屋暮らしの帰り際の作法である。

太郎たち三人も立ち上がり、出入り口まで見送りに出た。

履き物を履いたおまつは、戸をうちに開きながらいまりに会釈した。

いまりはおまつを見詰めて会釈で答えた。

戸が閉じられたあと、三人は稽古場に戻った。そして互いが見えるように、車座に座り直した。

岩戸屋の職人着がすっかり気に入っている勘四郎だ。いまは、あぐら組みになっていた。

三人の座では、太郎が最初に口を開いた。

「思えば、おまえたちふたりと」

勘四郎といまりを順に見たあと、太郎は娘に目を戻して続けた。

「こうして膝詰めで話すことは、このところなかったけど」

太郎は息継ぎに代えて茶をすすった。膝元の茶托《ちゃたく》に戻したあとは、またいまりを見た。

「わずか二、三日のうちに、あれこれあったのね」

太郎は勘四郎に目を移して、さらに続けた。

「師匠からお示しいただいた、大豆屋さんからのお申し出を……」

太郎はさよりの縁談には一言も言い及ばず、勘四郎を相手に顛末《てんまつ》をなぞり返した。

「おまえがお断りに出向いたその日に、岩戸屋さんとのご縁ができました」

静かにうなずく勘四郎を見て、太郎の口が止まった。いま向きあっている勘四郎に、さよりの縁談話を聞かせたあのときを思い出したからだ。

作り笑いで「よかった」と応じた勘四郎の哀《かな》しさが、あのときの太郎には痛いまでに伝わってきた。

が、いまの勘四郎なら大丈夫だと判じて、太郎は先へと話を続けた。

「その岩戸屋さんと、いまはおまえが」

太郎は息子から娘に目を移して続けた。

「ご縁をいただいています」

ここ数日間の出来事をなぞり返しながら、太郎は勘四郎といまりを交互に見た。

「勘四郎もいまりも、ひと様にお気持ちをかけていただけるのは、ありがたいことです」

ふたりが心底、得心顔でうなずくのを見たあと、太郎はいまりに問いかけた。

「検番の女将《おかみ》が口にされ続ける信条は、おまえも諳《そら》んじることができるでしょうが」

「はいっ」

きっぱり答えたいまりは、太郎を見詰めて諳んじ始めた。

「いつまでも、あると思うな親とカネ」

いまりに合わせて、太郎も諳んじていた。

「ないと思うな、運と災難」

これが本来の言い伝えだった。それを女将は、運をえにしと言い替えていた。

暗唱を母娘《おやこ》で終えたあと、太郎はいまりの目を見詰めて言葉を結んだ。

「大事なえにしですが、無口です」

気づかなかったり、活《い》かせなかったりで、失うと二度目はないと戒めた。

いまりも勘四郎も、母の言葉の重みを噛《か》み締めていた。

六

二月初の稽古日、天保《てんぽう》七（一八三六）年二月一日は、めっきり春めいた陽気となっていた。

それも道理で今年の春分は二月六日、己未《つちのとひつじ》で、間もなくだったのだ。

陽気の暖かさが、稽古を受ける年配女人たちにも佳き効果となったらしい。

「今日は皆さん、とっても動きが柔らかで、身体の筋もよく伸びていました」

稽古のあとのいまりの評も、温かな物言いで終了した。

「あとに所用がありますので、今日はこれで終了とさせてください」

稽古後のお決まりとなっていた、太郎が支度する茶菓の談笑は省かれることになった。

それが楽しみだった弟子もいただろう。しかし茶菓はあくまでもいまり・太郎の厚意であり、省かれても文句の言える筋合ではない。

「ありがとうございました」

こうべを垂れての礼を受けたいまりは、先を急いでいたのだ。

「戸締まりをお願いします」

たまご屋のおとみに鍵を預けたいまりは弟子を残して、稽古場出入りの戸を開いた。

「ありがとうございました」

いま一度の礼の言葉を背で受け止めて外に出たあと、いまりは稽古場の戸を閉めた。

いまりの筋伸ばし稽古のおかげで、六人の弟子全員が、体調のよさを実感していた。ゆえにいまりへの感謝の言葉には、全員の実がこもっていた。

「ほら、見てちょうだい」

弾んだ声はおとみだった。まだ稽古着のまま、おとみは右腕を上に上げた。

「こんなに高く上げられるなんて、もう何十年もなかったんだから。あたしの右腕がここまで上がるんだよ」

おとみの右腕は、肘がしっかり伸びて真《ま》っ直《す》ぐに上に向かっていた。

「大したもんだねえ、おとみさん」

徳兵衛店住人のおいねは、正味の物言いでおとみを褒めた。

おいねの脇で着替えていたのは、肌着屋のおせちである。おせちもまだ稽古着のまま、身体を前に曲げた。膝は曲げずに、両手が板の間に触れていた。

「すごいじゃないか、あんたもさあ」

曲げた身体を元に戻したおせちに、おいねは感心したよの声を惜しまなかった。

「本当においねさんは褒め上手だから」

おせちの顔がほころんだのを見て、おいねがさらに言葉を続けた。

「褒め上手なのは、いまりさんだよ」

「まったくだよねえ」

おいねに続いて、おとみが得心顔であとを引き取った。

「今日のいまりちゃんは、いままでとはまるで様子が違っていたじゃないか」

おとみに同意して、残りの五人が息を合わせてうなずいた。

その顔を順に見てから、おとみは続けた。

「あたしが右腕を伸ばせたとき、いまりちゃんは脇に手を入れてくれて。もっと伸びますって、支えてくれたんだよ」

「見ていたわよ、あたしも」

すかさずおいねが応じたら、おとみはさらに続けた。

「支えてくれた手が優しくてさあ。歳のせいなのか目のなかがゆるんじまって、目が潤んじまったよ」

あの場を思い出したのか、おとみはまた両目を潤ませていた。

「いまりちゃんが優しくなったわけには、心当たりがあるんだよ」

おいねが声を小さくしたら、おとみを含めて全員の目がおいねに集まった。

「うちの長屋に、おまつさんてひとがひとり暮らしをしているんだけど」

甥っ子が近頃よく、おまつを訪ねてくるようになった。

長屋の壁は薄い。おまつの宿の隣人はおいねとは心やすい間柄だった。しかも耳が大きくて、さまざまなうわさを聞き込んでいた。

弦太が訪ねてくるのは早朝で、おまつが支度した朝飯を共にしていた。

「おとみさんにはわるいけど弦太って甥っ子は、砂村のたまごを持ってくるようなの」

「なんとも豪勢じゃないかさ」

おとみの物言いには、砂村のたまごへの敬いが感ぜられた。

「それでどうしたのさ」

口調を変えて、おとみは先をうながした。

「弦太って名の甥っ子さんが、どうやらいまりちゃんにお熱らしいんだよ」

おいねが聞かされたのは、ここまでだった。

中途半端な話に散々に焦《じ》れたあと、おとみが口を開いた。

「いまりちゃんの様子が変わったと思えるわけが、その弦太ってひとにあるなら、おめでたい話じゃないか」

おとみは正味で喜んでいた。

「染谷先生と太郎さんの娘さんだもの、いまりちゃんほどのひとが気持ちを動かしているとすれば、きっと間違いはない男だよ」

息継ぎをしたおとみは、仲間を見回してから、おいねに目を戻した。

「いまりちゃんのおかげで、あたしの右腕が肩から上にまで上がるようになったんだよ」

おいねを見るおとみの目に、力がこもった。

「おまつさんてひとに長屋で行き合ったときは、あたしたちの分まで含めて会釈をしてちょうだいね」

「承知しました」

返事を聞いたおとみは、さらに続けた。

「盗み聞きは縁起に障るというからね」

このうえは聞き耳を塞いでくれと、長屋の大きな耳に断りを言ってくれと付け加えた。

全員のうなずきを見て、おいねも承知した。

＊

「明日は初午《はつうま》ですから」

夕餉《ゆうげ》を終えた二月四日、五ツ刻《どき》（午後八時）。

太郎は焙《ほう》じ茶と薄焼きせんべいを染谷の膝元に供した。

天保七年の初午は二月五日、戊午《つちのえうま》だった。

「明日は朝のうちに、亀戸天神様に縁結びの祈願に出向きましょう」

「それはいいが、天気は大丈夫なのか？」

染谷は茶をすすって応じた。熱々の焙じ茶で、威勢のいい湯気が立ち上っていた。

「お天気はともかく、茶柱はどうですか？」

問われるまでもなく、染谷はすでに確かめていた。太い茶柱が焙じ茶の真ん中で立っていた。

「これ以上は呑むのがはばかられるほどに、元気な茶柱だ」

染谷は太郎に湯呑みを差しだした。

気持ちを込めて、太郎はひと口をすすった。そして染谷には返さず、手にしたまま応じた。

「夜空を確かめにでましょう」

太郎が言い終わる前に、染谷は立ち上がっていた。

ふたりは並んで、建屋の裏に回った。

見上げるまでもなかった。二月四日の月は細かった。その分、空を埋めた星の瞬きがくっきりと見えた。

「もう遠い昔のことですが」

右手に湯呑みを持った太郎は、星空を見上げてあとを続けた。

「あなたは初午の日に、天神様へのお参りで、なにか大事なお願いをしてくださったそうですね」

言い終えても太郎は星空を見上げたままである。仰天した染谷は、そんな太郎を見詰めて問うた。

「検番の女将が教えたのか」

染谷に目を戻した太郎は「はい」と答えて、さらに続けた。

「亀戸天神様には芸事精進祈願で、深川はもちろん、浅草《あさくさ》や向島《むこうじま》、浜町《はまちょう》の芸者衆も参拝しています」

太郎の物言いにはいつにも増して、染谷への敬いと情愛の想いとが込められていた。

「あなたのお参りのおかげで、太郎を務め上げることができました」

太郎は右手に持った湯呑みを、染谷に差し出した。揺らさぬように気遣ってきた湯呑み内の茶柱は、まだ達者だった。

ひと口すすった染谷は、湯呑みを太郎に返した。太郎もすすり、また星空を見上げた。

「勘四郎もいまりも、ひと様よりも遅れていましたが」

太郎が染谷に目を戻したとき、東の空に星が流れた。

「どうにかやっと、本気でひとに気持ちを動かす気になったようです」

染谷は黙したまま、目で先を促した。

「ここから先は、どうか佳きご縁を授かりますようにと、祈り続けることが親にできる務めです」

太郎が手にした湯呑みには、いまも茶の真ん中に太い茶柱が立っていた。

「勘四郎といまりに、なにとぞ良縁が授かりますように、明日、亀戸天神様にお参りしてきましょう」

「しかと承知した」

答えたあと染谷は太郎から湯呑みを受取り、まだ温もりを保った茶に口をつけた。

染谷を見て、太郎は潤いに満ちた声を漏らした。

「幾つになっても、ひとつのお湯呑みを交互に味わえる、そんな相手と巡り逢えますようにと、こどもの良縁をお願いしましょう」

請け合ったとばかりに、大きな星ふたつが同時に瞬《またた》いた。

本書は「一冊の本」二〇二〇年十二月号〜二〇二二年十二月号
に連載された「たすけ鍼」を改題のうえ加筆修正したものです。

山本一力（やまもと・いちりき）
一九四八年高知県生まれ。作家。東京都立世田谷工業高校電子科卒業。さまざまな職を経て、九七年に「蒼龍」で第七十七回オール讀物新人賞を受賞。二〇〇二年に『あかね空』で直木賞を受賞。著書に『損料屋喜八郎始末控え』『大川わたり』『欅しぐれ』『だいこん』『銭売り賽蔵』『辰巳八景』『銀しゃり』『研ぎ師太吉』『菜種晴れ』『おたふく』『五二屋傳蔵』『千両かんばん』『長兵衛天眼帳』「たすけ鍼」シリーズなど多数。

たすけ鍼《ばり》　天神《てんじん》参《まい》り

二〇二三年十一月三十日　第一刷発行

著　者　山本一力
発行者　宇都宮健太朗
発行所　朝日新聞出版
〒一〇四-八〇一一　東京都中央区築地五-三-二
電話　〇三-五五四一-八八三二（編集）
〇三-五五四〇-七七九三（販売）

印刷製本　中央精版印刷株式会社

ISBN978-4-02-251948-1
定価はカバーに表示してあります。
落丁・乱丁の場合は弊社業務部（電話〇三-五五四〇-七八〇〇）へご連絡ください。
送料弊社負担にてお取り替えいたします。

朝日新聞出版の本

山本一力
たすけ鍼《ばり》
深川蛤町で鍼灸師を営む染谷は、体も心も治す腕の巧みさに〝ツボ師〟の異名を取る。幼馴染みの漢方医・昭年らと共に、大店乗っ取りなど持ち込まれる難事件を見事に解決、痛快長編時代小説。江戸情緒もたっぷり！

文庫判

山本一力
たすけ鍼《ばり》
立夏の水菓子
深川で鍼灸師を営む染谷。「医は仁術」と心得て、還暦を過ぎた今も朋友の漢方医の昭年とともに市井の人々の抱える痛みに向き合う。元辰巳芸者で内儀の太郎にも支えられ、人助けや世直しに奔走する日々を、人情味あふれる筆致でつづった長編時代小説。

文庫判

山本一力
欅《けやき》しぐれ［新装版］
深川老舗大店・桔梗屋太兵衛は、筆の稽古で賭場の貸元の猪之吉と出会い、肚を割った付き合いをする。病に伏した太兵衛は、騙り屋に狙われた店の後見を猪之吉に託して逝くが……。渡世人が実直な堅気の商人のために見せた男気と友情。これぞ一力節！

文庫判

山本一力

五二屋《ぐにや》傳蔵

「五」足す「二」で「しち」。「五二屋」とは質屋のこと。黒船来航に揺れる幕末の江戸深川――。質屋「伊勢屋」にはさまざまな人々が訪れる。主の傳蔵と、その蔵を狙う盗賊との攻防をめぐる、謎と興奮と人情に満ちた長編時代小説！

文庫判

山本一力

辰巳八景

長唄「巽八景」の深川の地を舞台に描かれる八編の時代小説。ろうそく問屋・煎餅屋・鳶職らの心意気。笑い、泣き、悩みながらも明日へと人生を紡いでゆくさまを、温かくも粋な筆致で描く。下町の風情と人情が溶け合う絶品揃い。

文庫判

山本一力

端午のとうふ

損料屋・札差・駕籠舁き・屑屋など、さまざまな職を通して描かれる市井の人間ドラマをたっぷりと。日本橋の大店から持ちこまれた難題を定斎売りの蔵秀らが意表をつくアイデアで解決する表題作をはじめ、著者の初期の名作を含む初の傑作短編集。

文庫判

火坂雅志・伊東潤
北条五代　上・下
伊勢新九郎盛時（後の北条早雲）は今川家の内紛を取りまとめ、伊豆・相模を平定する。早雲を継いだ第二代・氏綱は武蔵・駿河にまで進出し、北条家の地歩を固める。早雲・氏綱・氏康・氏政・氏直の五代百年にわたる北条氏の興亡を描いた歴史巨編。　四六判／文庫判

伊東　潤
江戸を造った男
明暦大火の材木買付、独創的な日本列島海運航路の開発、革新的な大坂・淀川治水工事——江戸の日本大改造の総指揮者、その名は河村瑞賢！　新井白石をして、「天下に並ぶものがいない富商」と唸らせた男の波瀾万丈の生涯を描く長編時代小説！　文庫判

伊東　潤
天下大乱
「生々しく蘇った関ヶ原の戦い。これぞ本物。堂々たる名作誕生だ！」（ブックジャーナリスト・内田剛氏）。ついに徳川家康率いる東軍と毛利輝元を総大将とする西軍が関ヶ原で対峙する……。最新史料を駆使し、家康＆輝元二人の視点で描く戦国歴史巨編。　四六判

伊東 潤

平清盛と平家政権　改革者の夢と挫折

史上初の武家政権は、鎌倉幕府ではなかった！　平家の台頭から平家政権の誕生、日宋貿易、清盛の挫折と平家の最後、源氏政権との比較まで、歴史小説の第一人者の観察眼で、武家政権の礎を築いた平清盛の革新的な人物像と清盛を取り巻く人々を描く。

文庫判

火坂雅志

黒衣の宰相　徳川家康の懐刀・金地院崇伝　上・下

類いまれなる学才と政治力ゆえ「黒衣の宰相」と呼ばれた金地院崇伝。三十七歳の若さで京都・南禅寺住職に出世、やがて徳川家康の招きにより駿府へ赴き、家康のブレーン的存在として幕政に参画するが……。異能の男の生涯を活写した長編歴史小説。

文庫判

安部龍太郎

徳川家康の大坂城包囲網　関ヶ原合戦から大坂の陣までの十五年

関ヶ原合戦ののちに豊臣家や豊臣系大名を封じ込めるために、家康が築いた城郭群には、名古屋城や姫路城など日本を代表する名城も多い。それらの城を訪ね歩き、関ヶ原から大坂の陣までの家康の長考と、包囲網の実態を探る画期的な歴史紀行。

文庫判

安部龍太郎

関ヶ原連判状　上・下

秀吉亡き後の乱世、三成・家康のどちらにつくか、大名たちの思惑は錯綜していた。そんな中、古今伝授の当代唯一の伝承者であった細川幽斎は、前田家、朝廷をも巻き込んだ第三の道を模索する。関ヶ原合戦に新しい視点を持ちこんだ傑作歴史巨編。

文庫判

木下昌輝

まむし三代記

法蓮房は国盗りの大望を秘めて美濃・土岐家に取り入る。二代目は美濃国を奪取し、斎藤道三を名乗る。親子二代にわたる国盗りの武器「国滅ぼし」とは？　そして三代目・義龍の決断とは？　戦国史を根底から覆す驚天動地の長編時代小説。

四六判／文庫判

宇江佐真理

憂《う》き世《よ》店《だな》　松前藩士物語

蝦夷松前への帰藩をめざして健気に生き抜く浪人暮らしの相田総八郎と妻なみ。そして二人をあたたかく見守る個性豊かな裏店の住人たち——江戸の〝憂き世〟を生きる人々の心のひだを、奥行き深く描いた人情味あふれる長編時代小説。

文庫判

宇江佐真理

うめ婆行状記

北町奉行所同心の夫を亡くした商家出のうめは、独り暮らしを楽しもうとしていた矢先、甥っ子の隠し子騒動に巻き込まれ、ひと肌脱ぐことを決意するが……。笑って泣いて——人生の哀歓、夫婦の情愛、家族の絆を描いた宇江佐文学の最高傑作！

文庫判

北原亞以子

傷　慶次郎縁側日記

空き巣稼業の伊太八は、自らの信条に反する仕事をさせられた揚げ句、あらぬ罪まで着せられてお尋ね者になってしまう。弱き者を情けで支える元南町奉行所同心の隠居・森口慶次郎のお江戸事件簿。累計一〇〇万部超の大人気シリーズ新装版刊行開始。

文庫判

北原亞以子

再会　慶次郎縁側日記

岡っ引の辰吉は、十数年ぶりに昔の女と再会する。亭主と別れたいと懇願する女に手を貸したことで、事件に巻き込まれてしまう……。元南町奉行所同心の隠居・森口慶次郎のお江戸事件簿。テレビドラマ化もされた大人気シリーズ新装版第二弾。

文庫判

北原亞以子

雪の夜のあと　慶次郎縁側日記

元南町奉行所同心の隠居・森口慶次郎の前に、かつて愛娘を暴行・自害に追い込んだ憎き男が名前を変えて再び現れる。男の悪行を止めようとする娘、翻弄される女たち。江戸裏長屋を舞台に、男の怨念と赦し、人生の哀歓を描いた傑作長編。初の文庫化。

文庫判

永井路子

源頼朝の世界

NHK大河ドラマ「鎌倉殿の13人」を読み解くための最良の一冊。源頼朝、北条政子、北条義時、後白河法皇、そして後鳥羽院……。源平合戦から承久の乱までを描いた、歴史小説の第一人者による傑作歴史エッセイ集。歴史時代小説ファン必読の書！

文庫判

永井路子

王者の妻　豊臣秀吉の正室おねねの生涯　上・下

一介の草履とりから天下人に出世した豊臣秀吉。その秀吉に十四歳で嫁いだ妻おねね。仲睦まじい夫婦だったが、地位があがるにつれ、秀吉の浮気の虫と権力欲が頭をもたげ、おねねを苦しめるのだった。戦国の女性を描いた傑作歴史小説。

文庫判